香港兒童文學名家精選 **君比**

周Sir的鬍子

新雅文化事業有限公司
www.sunya.com.hk

香港兒童文學名家精選

周 Sir 的鬍子

作　　　者：君比
插　　　畫：靛
策劃編輯：甄艷慈
責任編輯：甄艷慈
美術設計：李成宇
出　　　版：新雅文化事業有限公司
　　　　　　香港英皇道499號北角工業大廈18樓
　　　　　　電話：(852) 2138 7998
　　　　　　傳真：(852) 2597 4003
　　　　　　網址：http://www.sunya.com.hk
　　　　　　電郵：marketing@sunya.com.hk
發　　　行：香港聯合書刊物流有限公司
　　　　　　香港新界大埔汀麗路36號中華商務印刷大廈3字樓
　　　　　　電話：(852) 2150 2100　傳真：(852) 2407 3062
　　　　　　電郵：info@suplogistics.com.hk
印　　　刷：中華商務彩色印刷有限公司
　　　　　　香港新界大埔汀麗路36號
版　　　次：二〇一三年七月初版
　　　　　　10 9 8 7 6 5 4 3 2 / 2016

ISBN: 978-962-08-5908-3

目錄

出版緣起

　　冰心説：「必須要有一顆熱愛兒童的心，慈母的心。」兒童是社會的未來，每一位成年人，都有責任關心兒童的健康成長。而優秀的兒童文學作品，正是兒童健康成長不可缺少的精神食糧。它們蘊含着真、善、美，能真切地反映兒童的心聲，能帶給兒童歡樂和有益的啟示，能鼓勵兒童積極向上，奮發進取。

　　回顧香港兒童文學的發展，由 20 世紀 30 年代香港兒童文學的開始萌芽，到 21 世紀的今天，有許多兒童文學作家一直在為香港兒童文學的繁榮辛勤地耕耘着。他們當中，既有從內地南來的作家，也有土生土長的作家；當中有不少文壇長青樹，也有很多新晉的年輕作家。這些作家為香港兒童創作了一批又一批的優秀作品，為香港兒童文學創作的發展作出巨大貢獻。

　　本公司一向致力於為兒童提供優質讀物，藉踏入 50 周年新里程之際，我們希望更廣泛地推出各種有益兒童身心的圖書，尤其是本土兒童文學作品，因此策劃出版《香港兒童文學名家精選》叢書。

　　本叢書是由各位作家在其已出版的著作中，精選出曾獲過獎，或是能代表其創作風格的作品結集成書。體裁包括童話、童詩、生活故事、兒童小説、科幻故事、幻想小説、散文等。作品展示了上世紀 50 年代至本世紀初香港少年兒童的精神面貌和社會風情，曾在讀者中產生過重大影響，並經得起時間的洗禮。

何紫先生曾說過：「倘若我們不從小培養小孩子閱讀的興趣，他們又怎能建立鞏固的語文基礎？」其實，我們不僅關注培養小孩子的閱讀興趣，提高他們的語文能力，我們更希望藉由優秀的兒童圖書，把愛心、善良、孝順、正直、勤奮、樂觀、堅強、關懷、謙虛、公義等種子植播於孩子的心田。叢書裏的作品既文字優美，更是充滿着真善美的人文關懷。

是次出版，我們挑選了在香港兒童文學創作上卓有成就的作家。我們希望由此而為當代少年兒童提供優質的讀物，也為香港兒童文學創作的研究留下具時代意義的印記，更由此表達本公司對兒童文學作家的由衷敬意。

本叢書能得以順利出版，全賴各位作家的鼎力支持。此外，特別感謝阿濃先生為本叢書撰寫總序，感謝謝錫金教授和羅淑君女士撰文推薦。

為了令讀者對各位作家有更多的認識，叢書還特地設有「作家訪談」，讀者可以由此了解各位作家如何走上文學創作之路、他們對兒童文學的見解等。

叢書後設有每位作家「主要的兒童文學原創作品」資料和獲獎資料，旨在為香港兒童文學的原創生態留下史料，並為讀者提供廣泛閱讀的書目。

在孩子心裏埋下愛、美、善的種子

阿濃

兒童文學是文學中最難搞的一門。

所有優秀文學作品要具備的條件，兒童文學都要具備。

但兒童文學的用字用詞有限制，宜淺不宜深。兒童文學的造句有講究，宜短不宜長。兒童文學的表達有要求，宜明白曉暢，不宜過分含蓄艱深。對許多作家來說，就是淺不起來，短不起來，明白不起來。他們做不到，不想做，甚至不屑做。

兒童文學的內容要純淨，像高山絕頂的雪，容不得絲毫污染。因為它是給我們純潔天真的小寶貝的精神食糧，其品質要求更甚於物質食糧的奶粉。但純淨不等於淡而無味，它芬芳，有大自然的氣息；它甜美，如地上樹上藤蔓上的果實；它富於營養，又容易吸收。這就對兒童文學作家個人的品質有了要求，兒童文學作家能標籤為 organic，他的作品才屬於 organic。

許多做父母的都知道餵孩子吃東西是一件苦差，想孩子接受我們為他們而寫的作品，同樣是強迫不來的。兒童文學作家要有十八般武藝，施展渾身解數，令他們笑，使他們覺得有趣，利用他們的好奇，刺激他們思考，引發他們感動，其實是很吃力的。

要成為一個成功的兒童文學作家，他首先要懂孩子的心，那

就需要他自己有一顆童心。他同樣愛吃、愛玩、愛笑、愛哭、愛熱鬧、好奇、愛問為什麼。他同樣愛幻想，不受拘束、仁慈慷慨、視眾生平等。一顆赤子之心，試問在這烏煙瘴氣的世界裏多少人還能擁有？

優秀的兒童文學作家是如此難得，但社會（包括文學界、出版界）對他們又有多重視呢？寫書給孩子看被視為「小兒科」，大家對小兒科醫生十分尊重，對成人文學作家與兒童文學作家之比卻視為大學教授與幼稚園教師之比，使不少兒童文學作家不想擁有這個名號。同樣反映在版稅方面，兒童書的版稅普遍低於成人書，這也使兒童文學作家氣餒。

幸運地，香港還是出現了一批可愛可敬的兒童文學作家，多年來他們創作了豐盛的兒童文學作品。出版了大量的書籍，也被選作課文。在成千上萬的孩子心中，埋下了愛、美、善、關懷、正直、公義、勤奮……的種子，使我們的下一代有普遍的好品質好表現。這是兒童文學作家們最堪告慰的。

作為香港兒童讀物出版重鎮的新雅文化事業有限公司，1991年不惜工本，編印了《香港兒童文學作家系列》，邀請最出色的兒童書插畫家繪圖，硬皮精印，成為香港兒童文學的里程碑。21年後，新雅再次出版一套《香港兒童文學名家精選》叢書，為當代少年兒童提供最好的精神食糧，為研究香港兒童文學留下有價值的資料，同時向香港的兒童文學家們致敬，可謂意義重大。

祝願香港出現更多出色的兒童文學作家，祝願他們的地位獲得提升，祝願他們寫出更多更精彩的作品。

優秀的兒童文學作品歷久不衰

　　要想兒童喜歡閱讀，必須要有大量有趣的，能引起他們的閱讀意慾的優質讀物。我很高興地看到，雖然有人說香港是文化沙漠，但仍有不少兒童文學作家在勤奮地為兒童寫作，各家兒童圖書出版公司每年也為兒童提供大批印製精美的讀物。

　　2012年香港書展，香港規模最大、歷史最悠久的兒童圖書出版社──新雅文化事業有限公司，推出《香港兒童文學名家精選》叢書，精選一批對本港兒童文學卓有建樹的著名作家的作品，為香港兒童提供最好的精神食糧。十位作家包括：黃慶雲、何紫、劉惠瓊、阿濃、嚴吳嬋霞、何巧嬋、東瑞、宋詒瑞、馬翠蘿和周蜜蜜。叢書出版後獲得了熱烈回響，不但得到讀者廣泛好評，而且其中五冊圖書獲得2012年的冰心兒童圖書獎。

　　2013年，新雅再精選十位兒童文學作家的作品，於香港書展推出第二輯《香港兒童文學名家精選》叢書。十位作家包括：陳華英、潘金英、潘明珠、君比、韋婭、黃虹堅、胡燕青、金力明、劉素儀和孫慧玲。

　　二十位作家的作品，展示了上世紀五十年代至本世紀初香港少

年兒童的精神面貌和社會風情，從不同層面刻劃了香港兒童的成長足跡，以及他們成長中所遇到的困擾。

　　和現在相比，上世紀的兒童生活和現今的兒童生活有着很大的差別，他們的生活遠比現在的兒童困苦。但是兒童的心性是相通的，他們的歡樂和煩惱，無一不是當今香港兒童所常遇到的；而他們面對挫折而表現出的勇氣和智慧，又給當今的少年兒童提供了有益的啟示和學習榜樣。

　　優秀的兒童文學作品影響力歷久不衰，本叢書正好印證了這一點。

　　我誠意向各位關心兒童健康成長的家長和教師推薦這套有益兒童身心的優質圖書，也藉此向各位辛勤耕耘的兒童文學作家表示敬意。

謝錫金

香港大學教育學院教授

香港大學中文教育研究中心總監

全球學生閱讀能力進展研究計劃

(PIRLS)- 國際 (香港) 委員

推薦序二

向陪伴兒童成長的文學作家致敬

收到新雅的邀請，為這套《香港兒童文學名家精選》寫推薦序，實在有點兒受寵若驚。為的是叢書內網羅了香港差不多半世紀內鼎鼎大名、優秀的兒童文學作家。其中黃慶雲（雲姐姐、雲姨）更在1938年曾到本會位於香港大學馬鑑教授的西營盤宿舍樓下的會所為街童講故事，她是推動本港兒童閱讀的先行者。

《香港兒童文學名家精選》內的作家都是香港兒童文學上的中流砥柱，他們的著作吸引了無數的讀者，深受新一代歡迎。在本港推動閱讀文化的各項活動中，鮮有不包括他們的作品。

雲姨是全球知名的兒童文學家；周蜜蜜是雲姨的女兒，以香港兒童成長為題，對兒童成長經歷的過程有細膩深刻的認識；何紫先生將不同年代的童年呈現，伴隨香港的成長，閱讀他的童話就像閱讀香港不同年代的社會發展；東瑞的故事，天馬行空、科幻、出人意表的情節啟迪兒童對未來的好奇，跨越常規的突破和創意；馬翠蘿對人際關係的敏銳描述，是小學生最喜愛的作家；阿濃讓跨代爺孫親切之情、愛護環境等浮現於故事情節中；何巧嬋校長以童話手法寫香港孩子的生活，希望小讀者能跳出眼前的局限；劉惠瓊姐姐透過動物故事，將兒童成長責任中的困惑、與朋友的交往娓娓道來；嚴吳嬋霞女士的作品描述了兒童的純真。

陳華英的作品希望帶給兒童歡樂、希望和幻想的空間；潘金英、

潘明珠姊妹倆的兒童戲劇清新有趣；君比的作品反映了今日香港少年兒童所遇到的家庭問題和困惑；韋婭的幻想小說想像新奇；黃虹堅的成長小說教導小朋友當遇到家庭巨變時，他們應採取何種生活態度；胡燕青的童詩文字淺白，生活氣息濃厚；金力明的童話寓意深刻；劉素儀的科幻故事充滿幻想成分，主題卻是批判現代人的好戰；孫慧玲的小說寫出逆境中的少年如何自強。

優良的圖書和故事作品，會令培育兒童愛上閱讀變得輕易而舉。

如果說多運動能令兒童體格強壯，多閱讀則令兒童心智豐盛。小學階段，兒童從 6 歲開始到 12 歲的期間，是發展閱讀最重要的階段。兒童成長中，9 歲以前，是要學會掌握閱讀的能力；9 歲以後，他們透過閱讀去學習日新月異的知識，透過文字故事以豐富人生成長的經歷。好的故事、引人的情節、雋逸的文筆不單能為新一代開啟知識之門，讓思想騰飛，還能接觸社會內不同的價值取向、人際交往關係之錯綜複雜面。

《香港兒童文學名家精選》包含的故事仍是我們推動兒童閱讀的工作者經常採用的。它不單將本港兒童文學作出一個較為整全的匯聚，同時亦為父母提供了一個安心的選擇，羅列了多元化、鼓勵兒童閱讀的好作品。謹此向一羣努力耕耘、陪伴兒童成長的文學家前輩和翹楚致敬……

羅淑君
香港小童群益會總幹事

期望在寫作路上遇見你

君比

如果從未執教鞭，我可以肯定不會有「君比」的出現。

十六歲那年報讀了何達老師的小說創作班，希望有一天可以邀請何老師為我的書寫序，從而定下了出書為人生目標之一。

在美國讀大學期間，入選了文化交流計劃，有機會到當地中、小學和幼稚園演講，講述香港生活和中國文化，經常接觸到可愛的學生和親切的老師、校長。由那時開始，我郵寄講座的感想分享回港，託在《明報》工作的舊同學幫忙投稿到《明報》校園版。

或許是學生們給我的感覺實在美好，回港後，我決定回母校德蘭中學任教。

第一年，我要當一班中一學生的班主任。我的學生好玩之極，我這個新班主任亦趣事多多。那時，我常閱讀何紫和阿濃先生的校園小品，亦嘗試撰寫校園隨想和小說，投稿到《明報》、《商報》、《公教報》、《華僑日報》、《快報》和《突破少年》等報章雜誌，並參加徵文比賽。一九九三年，我儲了十萬字的稿，自資出版了第一本小說集《覓》。「捧場」的除了朋友和同事，更多的是學生。閱後，她們都讚好，並不停追問我下本書的出版日期。

從沒想過自己會成為兒童及青少年文學作家。對我來說，寫作路就鋪排在我面前，待我逐步踏上。

　　我愛我的學生，喜愛與她們（我任教的是女校）相處，傾聽她們分享喜怒哀樂，亦很享受寫她們的故事。

　　然而，誕下大兒子之後，我很想花多點時間照顧他。考慮良久，最後決定辭掉熱愛的教書工作，回歸家庭，做個全職媽媽。

　　我離開了學校，但並沒有離開過寫作路。

　　幸運地，我的書入選了「中學生好書龍虎榜」，同時亦有其他出版社邀請我加盟，撰寫校園小說。

　　感謝天主賜予我兩個孩子。大兒子約三歲左右，一晚，他突然要求我即席創作故事。我這有求必應的媽媽，就給他作了人生第一篇童話。之後，我創作了數本童話集。其中一本《你也聽見蝴蝶在說話嗎？》在 2005 年入選了香港中文文學雙年獎之推薦獎，這對我來說，是個極大的鼓勵。

　　本書收錄的兩篇童話《太陽花要回家》和《萬里尋人》分別以環保和南亞海嘯為主題，是我撰寫過的童話中最愛的兩篇。

　　《周 Sir 的鬍子》、《放火的少年》和《不愛家的女孩》曾收錄在《Miss 愛的故事》，此書曾入選 1997-1998 年度「中學生好書龍虎榜」。《周 Sir 的鬍子》改編自真人真事，聽說真實版的周 Sir 已有一個健康活潑的孩子，我衷心希望他和家人幸福快樂。《放火的少年》乃根據一個真實個案寫成，資料來自一位社工朋友。故事中的少年，為了令父親注意他的存在，竟冒險去貨倉放火。故事

結尾並沒有説明父子的誤解有否消除，但明顯地，做兒子的願意踏出第一步。

《依妮爸爸的天國》收錄在《Miss 別煩我》一書裏，此書曾入選第六屆「中學生好書龍虎榜」。有圖書館主任告訴我，若有學生遇上親人離世而情緒低落時，她會給他看這個故事，以助他紓緩傷痛。

其餘故事的撰寫因由，各有不同，讀者可在「作者補誌」中得知。

寫作路遙遙無盡，期望能夠在路上遇見你。

作家訪談

擅以現實生活為寫作題材的
兒童文學作家

——君比

擅以現實生活為寫作題材的兒童文學作家
—— 君比

在香港的兒童文學作家中，君比是一個比較獨特的作家。因為其他作家的作品都是建基於藝術的真實上的虛構故事，但君比的故事絕大部分來自生活的真實。她通過實地採訪資料，然後把這些現實中發生的事情以文學的手法呈現出來。可以說，她是一位擅以現實生活為寫作題材的兒童文學作家。

正式寫兒童文學開始於大兒子三歲時

君比告訴我，她開始創作，是始於 1988 年她回母校德蘭中學任教的第一年。因為她喜歡和學生聊天，學生也喜歡向她傾訴心事，學校發生的事情也多姿多彩，她覺得有好多創作靈感，於是動筆把這些寫下來，當中包括散文和故事，作品主要刊在《明報》的「Miss 絮語」專欄中。

兒子三歲時，有一天晚上，他聽完君比講的故事後覺得不滿足，突然說：「媽咪，你自己作一個故事給我聽吧！」對兒子有求必應的君比，於是和兒子一起望着窗外的星空，編了一個關於星星的故事——《掉進海裏的星星》。從此之後，每一晚，她都坐在牀前給兒子編故事。那些講完後覺得滿意的便記錄下來，不滿意的就丟開，就這樣君比嘗試撰寫童話。

2004 年，君比在報紙上看到一篇關於一個十一歲女孩獲小童群益會「奮進兒童獎勵計劃」獎的專訪，心裏十分感動，於是萌發了想採訪這個女孩的念頭。在社工的幫助下，她採訪了這個小女孩及其家人，寫成了《韋晴的眼睛》這個故事。也由此，她開始了兒童小說的創作。

創作的靈感和題材來自多方面

談到創作的靈感和題材，君比笑着說：「很多，不同的時期有不同的靈感和題材來源。當教師時，學生、同事、校長都曾被我寫進作品裏，他們的個性或所做過的一些事，都在我的小說或散文中出現過，當然是經過藝術加工的。

君比的全家福。孩子給了君比很多寫作靈感。

「孩子出生後，給了我很多靈感。隨着他們的成長，我就創作不同年齡層的故事。例如大兒子三歲時，我寫童話《送你一片秋天的葉子》，主角是一對幼稚園一年級的小朋友；大兒子五歲，小兒子一歲時，因為兄弟之間的爭鬥，我寫了《惡魔弟弟和天使叔叔》；

到了大兒子九歲，我就鼓勵他寫小説，並且和他合作寫兩本書了。

「另外，我也會到不同的機構採訪，例如荷蘭宿舍、小童群益會、學校和協青社等。這些不同的人都給了我靈感和題材。

「觀塘荷蘭宿舍住的全是男生，年齡是 11-18 歲。有好多是孤兒或是家裏無法照顧而送到此處的。我第一次前去訪問是 2004年。當日約定的訪問時間是晚上六時，計劃採訪兩個小時，想不到他們都爭着説自己的故事，結果，一直談到晚上十一時。以前他們從不講自己入住宿舍的原因，那天他們逐個説，才知道有很多人入住的原因都是相同的。這時，他們相互間的了解才多些。

「我當時的感覺是震撼！因為我以前從未接觸過家庭這麼複雜的少年。雖然是第一次見面，但他們好信任我，好真心地分享他們的故事，並且希望我把他們的故事寫進我的作品中。於是我便把這些故事寫進《叛逆歲月》系列中。」

遇到瓶頸時放下筆去做自己平時喜歡做的事

君比的作品大致分為幾大類，其中一類是寫給孩子看的童話故事，一類是採訪各種少年兒童寫的兒童小説。為了增強作品的感染力，君比會利用如下的方法來捉摸兒童心理：每天在家觀察孩子；和少年兒童談話時，嘗試從他們的角度去想問題、看問題；閱讀輔導理論書籍；回想自己小時候不同階段時的心理活動。她説，這些都可以令她代入角色中。

寫作過程中如果遇到瓶頸，她會暫時放下筆去做自己平時喜

歡做的事，例如入兒子房間和兒子談天，或是看看書，或是做些其他事情，讓自己的大腦休息一下，然後再坐回桌前去寫，靈感很快便又回來了。

好的兒童文學作品應該是一盞明燈

君比很推崇阿濃和何紫這兩位前輩作家，認為他們的兒童文學作品都是上乘的。從他們的作品中，她學懂了關顧兒童，以善心去寫他們的故事，並在故事中帶出正面的信息。

君比也很喜歡安徒生和格林兄弟的童話作品，她認為安徒生的童話都是經典，每一個故事都是最好的兒童讀物。她尤其喜歡《快樂王子》，因為它帶領小讀者留意到身邊的事或社會問題，

君比（右二）和她的讀者。他們的故事都曾出現在君比的作品中。

以及教導孩子要有一顆悲天憫人的心。

君比強調：做人一定要有這種心。

最後，她總結說：「好的兒童文學作品應該是一盞明燈，為

21

孩子照亮前路。作家本着良心去創作，不應只為書本收入帶來的收益，而應想着用心去寫有意義的題材，為有需要的兒童發聲，讓人們知道他們的所思所想，所面對的困惑。」

不同階段受不同作家的影響

談到對自己影響最大的作家，君比説有很多，不同階段有不同的作家。初中時，最受日本三浦綾子的影響，三浦綾子的《綿羊山》中有一句話對君比影響巨大──「愛一個人就要令對方有所成就。」君比説：「這句話令我日後無論寫作什麼故事都會緊緊的記着。」

高中時，受鍾曉陽的影響。她看了鍾曉陽十七歲時寫的《停車暫借問》，「我驚詫於怎麼可以年紀這麼小就寫出這樣有文采的作品，於是封她為偶像，並因此而去參加何達老師的寫作班。可以説是她引發了我的寫作興趣，她對我來説是一個寫作導師。

「當教師時，最受阿濃和何紫影響。他們都是教師，對少年兒童很有愛心，他們的讀者都是學生。我寫校園小説和散文時，看過他們好多作品作為參考，他們也是我寫作上的導師。」

我初期寫的很多小説都是虛構的

回應讀者關於她的作品多是寫實的提問，君比解釋説：「其實，我初期寫的很多小説都是虛構的，後來覺得寫學生故事更有意義，更動人，便根據學生對我的分享去寫小説。辭去日校的教

職後，轉教夜校中學會考英文，接觸不同年紀的學生，又有不少值得寫的故事。之後有緣到訪荷蘭宿舍、聖馬可宿舍、協青社、小童群益會的奮進少年及讀寫障礙學童，把他們的遭遇改寫成小說，對讀者有勵志作用。對受訪者來說，可以激發他們的鬥志，令他們知道自身的故事對他人有正面影響。而對於一般的兒童少年來說，也可令他們懂得自己的幸福和更加珍惜自己擁有的。我覺得很有意義。」

近一半的圖書獲獎

君比自 1993 年出版第一本著作以來，至今出版的作品有 80 多本，曾獲得 40 個獎項，並且 10 次被學生選為「我最喜愛的作家」。

談到獲獎的感受，君比笑着說：「當然是很開心的。最激動的一次是 2007 年書叢榜頒獎禮上。那一年，我先獲得教育城的「十本好讀」兩個書獎和作家獎，接着獲得屯門區兒童及青少年好書選舉的書獎和作家獎。想不到在書叢榜上，我除了獲得書獎外，還有作家獎，因為大會事前沒有告訴我。我上台領作家獎時，憶起頒獎嘉賓司徒華先生早前談他童年看書的往事，再想起我外公給我說《兒童樂園》故事的事，我忽然在台上哭起來，幾乎不能止淚。

「獎項告訴我，我要感恩。天主給我寫作能力，帶領我去寫那麼多兒童及青少年故事，幫助他們建立正確的人生觀，學懂關

愛別人。我有讀者支持，也得到評委的厚愛，這是恩寵，我會珍惜，並加倍努力。

「我曾 10 次被學生選為『我最喜愛的作家』，或許是因為我曾當過教師，又讀過相關課程，較容易明白別人的所思所想，讀者覺得寫出他們的心事、困惑和無奈。我的書，名校學生喜歡，平民學校的學生也喜歡。有的讀者叫我做『君比媽媽』呢！」

確實，我很真切地感受到，君比在寫這些兒童小説時掏出了她的真心。訪談過程中，她在講述這些少年兒童的不幸遭遇時，曾多次忍不住哽咽落淚。她希望自己當個有社會良心的作家，去關心這些特別需要別人關愛的少年兒童。

君比獲第八屆香港中文文學雙年獎之推薦獎。

童話篇

太陽花要回家

外面正颳着凜冽的季候風，強烈的風把幾棵老樹的枝葉吹得搖搖欲墜。

一朵太陽花看着窗外這景象，不禁歎氣。

「你一天歎氣一百次，也是於事無補！」她身旁的一朵鬱金香跟她道。

「我真的很想回家，我很掛念我的兄弟姊妹啊！」太陽花跟鬱金香說出她的心聲。

「唉！」這回輪到鬱金香歎氣了，「你在這兒的生活不知有多寫意！這位置可輕易接收陽光，每天都有人灑水，照料你，不用在外面被強風暴雨折磨。」

「說真的，我寧願在外面捱苦，也不希望孤伶伶被困在這兒。」

「是嗎？那麼，你為何會來到這兒的呢？」鬱金香好奇地問她。

太陽花再望出窗外，回憶一下子飄到一個月前……

那是一個秋意濃濃的早上。住在森林的太陽花，看見

蚯蚓戴着小草帽，在她前面經過，遂跟他道：「早晨啊，蚯蚓！那麼早，你往哪兒去呢？」

「去城市呀！」蚯蚓答道：「我表哥告訴我，這兩天都有人類駕着大貨車來森林斬樹，我想偷爬上那輛大貨車，到城市去看看，擴闊眼界。聽我表哥説，城市裏的東西千奇百怪，會令你樂而忘返。我表哥去了幾次，差點想在那兒定居呢！」

太陽花聽了，興奮地説：「我也想到城市走一趟呢！森林的生活實在太平淡了。每天都是喝露珠、曬太陽、閒談、休息，附近又沒有什麼特別的風景可以觀賞。倘若我可以去一去城市就好了！」

「但是，你的花根深入泥土，你根本走不動啊！」蚯蚓道。

「呀！」太陽花靈機一動，道：「我可以找森林仙子幫忙！」

她仰起頭兒向天叫喚：「森林仙子，森林仙子，請現身！我需要你幫忙。」

沒多久，天空出現一條七色彩帶，在輕風伴送下飄呀飄呀，落在太陽花跟前，立刻化成一位穿着七色彩衣的仙子。

「什麼事呀，太陽花？」森林仙子微笑着問她。

「我想你幫我一個忙。」太陽花説：「我想跟蚯蚓往城市去見識一下，你……可否施展法力，助我達成這心願呢？」

「看在你平日對其他花草頗有禮和善，我就答應你吧！」

「好啊！謝謝你！」太陽花興奮地説。

「我會把你的根變成一雙腿，讓你可以像人類一樣走路。但要謹記，我的法力只能維持約半天，在太陽下山前，你要趕回來。否則——」

「行了！我明白啦！我一定不會遲回來的。」太陽花急急打斷她的話。

「好。」森林仙子點點頭，用手指在地上劃了一圈，太陽花下的泥土便向下沉，她往下看，只見自己的根部已變成一雙強而有力的腿。

「謝謝你，森林仙子！」她擺動雙腿，試着跑了一圈，邊跑邊叫：「嘩！原來跑步是這麼有趣的。」

「喂！我可跑不動啊！」蚯蚓急道。

「我可背起你呢，快！給我指示那輛貨車的方向吧！」

第一次到城市去，太陽花對一切都感新奇。

那兒有高聳入雲的大廈，人類穿戴各式各類的衣物，奇形怪狀的交通工具在路上行走。

城市裏有趣的東西多的是，惟獨是沒有樹木花草，每條街道都是堅硬的石屎路。

「為何這兒沒有植物呢？」太陽花問。

「或許是有的，只是我們看不到。」蚯蚓答道。

「不如我們去找找看。」她提議。

「我累了，不想去。要趕在日落前回森林，現在是時候上貨車了。」

「我還未看夠呢！」太陽花道，「不如你先上貨車，我一會兒再趕去。」

「好！但你不要樂而忘返呀！」

蚯蚓一走，太陽花便把他的忠告拋諸腦後。她大着膽子走進了一幢大廈，密封的一個空間，連一扇窗也沒有。到她離開這大廈時，才驚覺時間飛逝。她飛也似的跑往貨車停泊處，只能看着最後一輛貨車駛走。

「等一等！」太陽花大叫起來，但花朵的聲音，人類又怎能聽到呢？

太陽花看見漸漸下降的太陽，心裏急得很，但一切都太遲了。她雙腿變得軟弱無力，不能再動。她軟癱在路上，

心裏難過得要哭。

「我不想就此死掉！我還要回家去見我的兄弟姊妹！我要回家……」

就在這時，太陽花被一個小女孩拾起來。她把太陽花帶回家，小心的種植在一個小花盆裏，給她灑水。沒多久，太陽花便恢復了體力，開始在花盆裏過新生活。

「你本來是住在森林裏，怪不得你在這兒終日無精打采的！」鬱金香恍然大悟。

「我真的想回家啊，我不希望在這兒終老。」太陽花重申。

「你還有機會的！」鬱金香微笑道，「知道嗎？有幾輛駛往森林的貨車每早都會在窗外經過。若你可以令自己跳出窗外，掉到貨車裏，不就可以回家嗎？」

「你這主意真好！但是，我如何跳出窗外呢？」太陽花問。

「讓我找城市仙子把你的根再變成雙腿吧，我在城市長大，可以隨時找她幫忙。」鬱金香笑道。

「太好了！麻煩你啦。」太陽花感動地說。

翌日清晨，太陽花終於成功登上了駛往森林的一輛貨車。

「闊別了個多月，不知道大家可好呢？天氣已轉涼，他們有否不舒服？」

想着想着，貨車已駛到森林。但是，眼前的一切，令太陽花嚇呆了。

森林大部分的樹木都被砍去，她的家——那塊長滿各式花朵的草坪已變成一塊荒地。

「怎會這樣的？」太陽花邊哭着邊跳下貨車，跑到荒地上去。

「是人類的所為。」在遠處躺着的一條小樹枝告訴她，「他們計劃在這兒興建住宅區，所以……你不會再見到你的朋友了。而且，你不可能再住在這兒。你還是離開吧！」

「我不會走，這是我的家啊！」太陽花堅定地説。

翌日，負責設計這住宅區的建築師來到這兒視察環境，駭然發現大片荒地上有一朵小小的太陽花，茁壯地生長着。

「奇怪！」建築師的同伴道，「工人們前幾天已把這兒剷平了，怎麼會有株花兒呢？讓我去拔掉它！」

「不。」建築師制止他，微笑道：「就讓它留下來吧。這花兒在空盪盪的荒地也可生存，相信它比我們更加堅強。」

太陽花不會明白面前這兩個人的對話。她只知道，她要永遠留守在這兒——她的家。

萬里尋人

我是一隻長相普通的小鴿子。全身灰白羽毛，頭頂有丁點羽毛則是深黑色的，因此，小主人德仔稱我為小黑頭。

是德仔的爸爸從數十隻鴿子中揀選了我，作他兒子的聖誕禮物。那天我正要掉進夢鄉，便給人捉了出來，還來不及跟媽媽道別，我便被放進籠子裏。在這個像搖籃的籠子裏，我哭得累了，就沉沉睡去。

「嘩！是隻鴿子！」

真吵！吵醒我的正是德仔。

他目不轉睛的看着我，又把手指伸進籠裏輕撫我的羽毛，柔聲跟我説話。

「小黑頭，還有三個星期才到聖誕，但爸爸提早把你送給我。你是我收到的禮物之中最好的一份。我真的很喜歡你啊！」

喜歡我？哈！你這傻孩子，只跟我相處了一會兒，就已經很喜歡我？我不禁張開惺忪的睡眼，仔細端詳他的樣子。德仔瘦骨嶙峋，臉色蒼白，兩隻大眼睛卻炯炯有神，

嘴角是向上翹的，彎出一個漂亮純真的笑容。

我低頭往下望。

啊呀！原來德仔是坐輪椅的！

毛氈下的一對腳，是扭曲的？癱瘓的？抑或早已切除了呢？我無從知道，但我已對德仔起了同情心。以往，我對人類沒有什麼好感，因為他們只會利用我作賺錢工具，為了幾塊錢便把我賣來賣去。但對德仔來說，我不單止是一隻寵物，更是一位重要的朋友。

「咕咕──咕咕！」我跟德仔説──我也很喜歡你！

跟德仔生活了數天，發覺到原來我是他惟一的朋友。他不到學校上學，每天都有一位老師到來教他讀書，他足不出戶，完全不認識鄰居的孩子。所有的話，他只能跟我説，所有的心事，他只會跟我分享。

有一天，德仔嗚咽着跟我説：「小黑頭，爸爸不能跟我過聖誕啊……他明天便要到泰國公幹去，半年後才回來……嗚──我真的不想他走啊……」

聽着聽着，我雙眼也濕潤起來。離別的滋味真的很難受啊！當初，媽媽已告訴過我，終有一天，我們會被逼分離，結果正如她所料。我在一個灰暗的早上被賣掉，永遠離開媽媽了。

「咕咕──咕咕──咕咕」我跟德仔説：我很明白你的心情。不過，他未必會聽得懂我的話。始終，我們的語言截然不同。

我惟一能為他做的就是陪伴着他。

聖誕節那天，德仔和我唱聖誕歌和布置聖誕樹，一起忙碌，倒也不覺冷清。怎料，就在翌日，一個可怕的災難發生了。

那晚，我正準備睡覺，德仔走近我的籠邊，一臉擔

憂的跟我道：「南亞地區發生海嘯，海水淹沒了許多地方……許多人受傷，亦有人死去……爸爸……就在泰國啊！我剛才嘗試致電他，可是，電話一直接駁不通……」

「咕——咕咕——咕咕咕」

我跟他道：「你爸爸會平安的！」

那一晚，我怎麼也睡不着，德仔亦是。一整晚我都聽到他在按電話，掛線，按電話，掛線……

一天、兩天、三天過去了，德仔爸爸仍然音訊全無。

第四天清晨，德仔打開籠子，把我放出來.

「小黑頭，來看看這個地球儀！這兒便是泰國。」

德仔要我看着一個顏色鮮艷，有許多字的大球，又指着其中一點，要我細看。

「你現在就飛去泰國，把這封信和這道平安符交給爸爸，把他帶回來吧！」德仔把兩張字條放在一個膠囊，把它綁在我腳上，就這樣，我接了一個重要的任務。

其實，我根本不知道泰國的位置，我連泰國是什麼也不清楚。我曾聽說過有些鴿子被訓練成信鴿，為人送信，但我並不是呢。

「再見，小黑頭！要把我爸爸帶回來啊！」

我一躍離開德仔懷抱，飛到高高的天空。我已許久沒

有飛翔了,在空中舒展筋骨,無比舒暢。但一想到要完成重任,我便發愁了。

怎麼辦好呢?

一雙翅膀把我帶回販鴿場。

「媽媽!」我興奮的飛到她跟前。

她仍被困在籠中,看見了我,驚喜萬分。我把德仔委託我辦的事告訴她,她眉頭一皺,道:「泰國距離這兒很遠,你也不清楚位置,沒可能去得到。」

「但我答應過德仔,我要完成任務。」

「我曾去過泰國!」媽媽的一位朋友忽然道:「我可以指示你路向!」

就這樣,我開始了人生第一次長途飛行。

我飛過一個太陽,又飛過一個月亮,到我再見到太陽的時候,我便到達陸地了,相信那便是泰國。

那兒就像一個大型垃圾崗,到處都是倒塌的房屋、樹木、破爛的車子,和一個個疊在一起的大膠袋。我稍飛低一點,一陣惡臭撲鼻而來。我強忍着,飛到那些正在搬運大膠袋的人面前,逐一察看,沒有一個是德仔爸爸。我沒有灰心,不斷尋找。那兒的建築物不太多,人們都住在大大小小的帳幕裏,大多數都滿臉愁容,我看見了,心裏也

隱隱作痛。

到了晚上,德仔爸爸依然未見蹤影。我既餓且累,遂停在一條小河邊喝水覓食,稍作休息。翌日醒來,我仍然渾身乏力,但我堅持要履行任務。我飛到另一個架滿帳幕的地方,靜靜觀察裏面每一張臉。與此同時,我感到體內一陣灼熱疼痛。我強忍着,繼續工作。

當我飛到最後一個帳幕時，已耗盡體力，「霍」的掉在一張被子上。矇矓中我張眼望望四周，躺在我面前的一個男子何其面熟。我努力湊前一看。啊呀！這個滿臉鬍鬚的男子不就是德仔爸爸嗎？

我拚盡力氣叫了兩聲，便失去知覺。之後的事情是德仔向我講述的。

「爸爸在海嘯中傷及頭部，短暫失去記憶，醫生不知道他的資料，直至你到了那臨時醫院，掉在他牀上，才喚回他部分記憶。醫生從你腳上膠囊裏的信得知我們的通訊地址，聯絡了我們。」

德仔爸爸補充道：「你喝了受污染的河水，身體虛弱不堪，幸好及早發覺，才能迅速治好，跟我一起回家去。多謝你啊，小黑頭！」

「你真的把爸爸帶回家來，我衷心感謝你呀！」

「咕咕！」我道，「不用客氣！」

我仰頭向天，天色一片蔚藍。

「咕咕──咕咕！」

小朋友，你猜到我話裏的意思嗎？

對了，我向天道出了我的願望。我祈求災區的災民也可以在這片蔚藍的天空下，重過恬靜安穩的生活。

校園故事篇

周 Sir 的鬍子

周 Sir 為什麼好端端會蓄鬍子呢？

開學那天，全體老師坐在禮堂上，由校長逐一介紹。當校長介紹到周 Sir 時，他徐徐站起來，全場嘩然。我們也差點認不出他來了。

他那光滑的下巴多了一排鬍子，似乎是剛蓄了沒多久。志忠說他像畫中的耶穌。唔，有一點點像吧。但當然，他的要稀疏得多。

我們紛紛猜測他留鬍子的原因。

暑假太漫長了，沒事好做，便留鬍子？立心一改形象，增加成熟男人的味道？還是純粹因為太太要求呢？

我們不知道。總之，他留了鬍子之後，性格也改變了。

據我所知，去年，周 Sir 當 2C 班的班主任，跟他們不知有多 friend。放學後，他們都愛找他談天，一談可談一個多小時。有時跟他們打排球，然後請他們飲汽水。放假更會相約去游泳，去郊外燒烤，大家的關係好像朋友，真是羨煞旁人。

今年，他當我們的班主任，人家都興奮莫名，紛紛計劃着由周 Sir 帶領去遠足，去露營，去海洋公園，甚至農曆年假去他家拜年拿「利是」。怎料，當班長及班會幹事興高采烈的把一連串計劃告訴他時，換來的卻是一聲冷淡的拒絕。

「他只說沒空。」班長愁眉苦臉地道。

「周 Sir 甚至沒有給我們任何解釋。」班會主席道。

「沒空？全年也沒有空？騰一天假期來帶我們去玩也可以吧？」

「哼！偏心！他只疼愛去年的 2C 班學生！他們告訴我，去年有些活動是周 Sir 自己提議的，今年我們計劃好，他也不理我們，算什麼意思呀？」思琪咬牙切齒的道。

「會否是他不喜歡我們班呢？或許班裏有些人跟他有仇，因此他亦不喜歡我們。」

「怎會呢？我們雖不是品學兼優的學生，但一向守紀律，沒有人被記過記缺點。我不相信有誰會激怒他。」

「分明是偏心！若 2C 班約他，我猜他必會應約！」

「唔！或許是 2C 班多靚女，周 Sir 才會頻頻帶他們去玩！」蘊宇像發現天大秘密的道。

「是啦！我們美色不夠呀！」綽茵無奈的道。

「我説可能是我們的時辰八字跟他有沖撞!」愛占卦算命的芷琪道。

「呀!會否是他陷入婚變危機,沒心情理會我們呢?」

同學們猜的理由我完全不接受。直覺告訴我,周 Sir 必定是有苦衷,才無暇應酬我們。而他留鬍子也必與這個有關。

究竟周 Sir 發生了什麼事?沒有人知道。

我想關心一下他,但不知道該如何表示。親口問他?很尷尬的,他又未必會説。他甚至沒有叫我們寫周記,想以文字溝通也不行。

漸漸地,同學已不再去研究為何周 Sir 對我們如此冷淡。大家的注意力轉移到教中文的廖老師身上。她是新老師,充滿教學熱誠,年輕、活力充沛,跟我們全無隔膜。我們都愛跟她聊天,有心事亦找她傾訴。同學似乎已把她當了是我們的班主任,沒有人再理會周 Sir 了。

放學時,我們圍着廖老師談天説地。我偶然會瞧見周 Sir 垂着頭步出教員室,孤獨的走出校門。看着看着,我竟有點同情他。

沒有學生上前逗他,跟他説再見。他那「最受歡迎老師」形象已不復再。

周 Sir，有什麼不可告人的事情困擾着你呢？

中秋節那天，我媽媽要進醫院做一個小手術。黃昏時，我往醫院探望她。

就在醫院前的一條斜路上，我碰見周 Sir。他一手挽着一個膠袋，另一隻手提着一個燈籠。我立刻上前跟他打招呼。

「張煥然！你也來探人嗎？」他有點愕然。

「是呀！探我媽媽。她入院做個小手術，一、兩天便可出院。」我大着膽子問他：「你呢？你探誰呀？」

周 Sir 垂下頭，看着手上的傳統金魚燈籠，低聲道：「我探我的女兒。」

「你女兒？」我驚奇道。

我只知道他結了婚，原來，他也有女兒。

「你女兒患了什麼病？」我直接地問。

他沒有回答，微笑拍拍我的肩道：「你有空的話，一會兒來五樓嬰兒部看看她吧。」

我萬料不到周 Sir 竟會請我探他女兒，便連聲道：「好呀！好呀！待會我一定來。」

我匆匆去看了媽媽，談了片刻，便急不及待的趕至五樓嬰兒部。

　　我一邊走，一邊想：周 Sir 對學生態度的改變，想必和他女兒的病有關。為何他把這事藏在心裏，不告訴我們？

　　一踏進嬰兒部，便看見他。

　　瘦小的身子，站在一玻璃罩前，笑着向罩裏的女兒説話。遠遠看他，已可猜到他説話如何溫柔，語調如何親切。他抬頭瞧見我，便招我過去。

　　第一眼看見他的女兒，我差點驚叫起來。

　　我從未見過如此細小的嬰孩。她只有小葵鼠般大，動也不動的躺着，身上插滿管子。手臂腿子乾巴巴的，幼得像我的拇指。

　　我在心裏問：這個嬰兒可會長大呢？

　　「她的名字是希樂。我們希望她擁有快樂。」周 Sir 情深的道。

　　聽了這名字，我只覺有點諷刺。這嬰兒脆弱得隨時都會死去，還有機會感受快樂嗎？

　　「希樂！有個姊姊來探你呀！跟她打個招呼吧！」周 Sir 溫柔的説着，一邊以指頭輕觸玻璃罩，彷彿一下一下的輕撫在嬰兒幼嫩的臉蛋上。

　　「希樂，今天是中秋節，我特地帶了個燈籠給你玩呀！」周 Sir 把手上的金魚燈籠提起，續道：「看呀！爸爸

小時候曾玩過這樣的燈籠。天一黑，我便燃起一根小蠟燭，放在燈籠中央，帶着它，與伙伴一起到公園玩。中秋夜，整個公園都一片彩色燈光，耀目燦爛，越入夜、越熱鬧。待你長大了，我和媽媽便帶你去玩，好嗎？」

看周 Sir 輕柔的逗弄女兒，我竟有點嫉妒。

記憶中，我的爸爸從未這樣親切的跟我說話。當下，我覺得希樂有個細心體貼的好爸爸，真是幸福。

翌日，我把這事告訴婆婆。她說，嬰兒出世瘦弱，要住進玻璃罩的，多半是早產，而且活不久。可憐周 Sir，恐怕將要經歷喪女之痛。怪不得他自開學至今都滿懷心事，笑容欠奉。換了是我，亦會像他一樣，或許更會傷心得連工也做不成。

周 Sir 沒有囑咐我要為他保守秘密，但我並沒有在學校裏公開這事。我倆之間存在不可言喻的默契。我希望他知道，我會默默為希樂和他送上祝福，雖然我不相信希樂會有機會長大成人。

這樣又過了兩個月。

某天，上周 Sir 課時，不知從哪兒傳來傳呼機的嗶嗶聲。大家嘩的一聲，然後四處張望，想找出是誰斗膽得把傳呼機也帶回學校。

這時，周 Sir 飛身到教師桌前，從膠袋中取出傳呼機。

「啊！原來是周 Sir 的！」有人驚叫道。

大家開始交頭接耳，猜度周 Sir 攜帶傳呼機的目的。

周 Sir 看過機上的訊息，一臉紫青，抖着嗓子道：「對不起！我有要事，要先覆機……你們……自修吧！」

他急步跑出課室。

「準是他買的外幣大跌，他要趕去銀行了！」

「不！可能他太太要生小孩，他要去幫忙接生！」

「我說是他生了痔瘡，老婆提醒他去廁所換藥！」

大伙兒瞎猜起來，哄笑聲不絕。

「太過分了！你們鬧夠沒有？」不知從何而來的一股怒氣，迫使我站出來斥喝他們。

眾人皆被我兇神惡煞的樣子嚇呆了。平日的我，是回答老師問題也像蚊叫似的。

「張煥然，不用這樣激動！我們玩玩罷了！」

「是呀！班長也未制止我們，你緊張成那副樣子幹什麼？」

「啊！難道你和周 Sir 有──」多嘴的伍國輝故作神秘的道，說時還作狀的輕按嘴角。

我按捺不住了，大叫道：「你瘋了嗎？這樣的話也説

得出？豈有此理！他是我們的班主任呀！」

國輝也站起來辯道：「我有説些什麼呀？你疑心生暗鬼！分明是和周 Sir 有──」

「你夠膽再説，我──」我心如火灼，真想拿起筆盒便擲過去，擲爆他的壞嘴巴。

「你怎樣呀？挺身維護他？真偉大！」他偏要跟我吵下去。

班長上前拉我坐下，我甩開她，再喝道：「伍國輝，你太過分了，你──」

「不要吵！你兩個跟我出來！」

我轉過身去，看見校長鐵青着臉站在課室門前，我差點嚇暈了。

在校長室裏，我和伍國輝都垂首不語，等候發落。

「你們對剛才的表現，有何解釋？」校長問。

我倆不發一言，校長又問：「我想知道你們為何吵嘴。」

「是因為周 Sir。」伍國輝搶先答了，「剛才上課時，周 Sir 的 call 機忽然響起，他拋下我們，去了覆機。大家便猜測他為何如此緊張。這時，張煥然站起來拚命維護他，我心生奇怪，於是跟她爭辯起來。對不起，校長，我以後

不會這樣的了。」

伍國輝這番話對周 Sir 極不利。我開始擔心校長會以什麼方式來處罰周 Sir。

「好，伍國輝，你先回去上課。」

伍國輝一臉釋然的離開。校長轉向我道：「張煥然，你如何得知周 Sir 現在的情況？」

我愕然，半晌才道：「我曾在醫院碰見他，他請我去探望他女兒，我便知道了。」

校長歎息道：「我得悉他女兒的事之後，也替他感到難過。我曾建議他向你們解釋一下，免得你們對他的行為諸多推測。但他不願意，我亦不勉強他。」

「呀！剛才周 Sir 看過 call 機上的訊息後，臉色大變，是否他女兒有事呢？」我急問。

「是的。周 Sir 現正趕往醫院。希望他女兒能吉人天相吧！」校長道。

我想過在放學後往醫院探望周 Sir 女兒，但隨即又打消這念頭。我怕會看見他擁着死去的女兒痛哭流涕。我不知道在那種場合該説些什麼話。或許連我自己也會受感染，大哭起來。

好不容易才待過那個周末。星期一大清早，我回到學

校便在大門旁守候周 Sir，但他沒有出現。那天，他的課都
由其他老師代上。

　　三天後，他才回來。當他一踏進課室，眾人皆嘩然。
他腮上的一排鬍子全剃了，光滑的臉龐重見天日，雙目亦
呈現久違了的神采。一定是他女兒度過危險期了。我向他
微笑以示恭喜，他卻察覺不到。

　　臨下課時，有人問他：「周 Sir，為什麼請假回來後，
你容光煥發的？」

他咧嘴笑道:「因為新希望開始了!」

「什麼新希望呀?」各人都摸不着頭腦。

周 Sir 沒有解釋,只是開懷的笑着,面頰的笑渦也旋了出來。

小息時,我到教員室找他。他笑着走出來,彷彿把陽光也帶了出來。

「周 Sir,希樂怎樣呀?度過危險期了?」我悄悄問他。

他收斂笑容,搖搖頭道:「她上星期去世了。」

「呀!」我驚叫起來。「對不起,我並非故意的!我見你今天心情那麼好,還以為⋯⋯」

「你不用道歉。希樂去世實是意料中事。醫生早已給我心理準備。但我不能接受現實,一直怪責自己把女兒帶來世上受苦。她一出世便看不見,聽不到。短短幾個月都被困在玻璃罩裏,從未嘗過被父母擁在懷裏的滋味。但在她臨死前一刻,我竟在她臉上看見一個安詳的笑容。真不可思議,她居然微笑!她安然的去了,像是把我的內疚、傷痛也一併帶走。我頓時感到釋然。昨日,我太太的驗身報告出來了。她又再次懷孕!你說,那不是奇跡,便是什麼?我真的感到一個新希望開始了。不單是為我,為我太太,我們父母也是!」他激動起來,眼裏泛出淚水。

「周 Sir，恭喜你！」我衷心的道。

「多謝你的關心！也多謝你替我保守秘密。」

「這是我應該做的。你是我班主任嘛！」我笑笑道：「我有一個問題，不知你可否回答。你留鬍子的目的是否為紀念希樂？」

他點頭道：「是的。我發覺，鬍子越長，我的傷悲和內疚感越大。現在把鬍子剃光了，不好（負面）的情緒便自動消除。我以後也不會再留鬍子的了！」

看着周 Sir 泛起笑容的面孔，我不禁暗地祝福他：永遠也不需要再留鬍子！

放火的少年

午夜時分，葵涌某空置的貨倉，驀地生起了一堆濃濃烈火，彷彿一隻血紅的鬼魅在夜空飛舞。

火堆旁的三個男孩子不斷把碎木塊擲到火裏去，增加它的氣燄。

遠處傳來人聲：「着火了！快來救火呀！救火呀……」

男孩甲見勢色不對，便道：「有人來了，走吧！」

「好！一起走！」男孩乙答道。

兩人拋下手上的木塊，跑了幾步，才發覺男孩丙沒有跟上來。

「喂！你幹什麼呀？還不快跑？」男孩甲回頭問道。

男孩丙依舊無動於衷。男孩甲跑去拉扯他。

「你們走吧！不用理我！」男孩丙冷靜的道。

「你傻了嗎？等拉呀？」

「有人來，不要理他！跑！」

他們飛快的消失了影蹤。

男孩丙坐到地上去，凝視着張牙舞爪的烈火，靜聽着

遠處的人聲逐漸迫近……

＊　　　　＊　　　　＊

大清早的教員室，慣常一片忙碌的氣氛。

月炘正在埋頭備課，辦公室的職員匆匆到來。「Miss Chow！校長召見。」

月炘心裏旋即有種不祥的預感。果然不出所料，校長一見到她，便神色凝重的道：

「Miss Chow！你班裏的一名學生闖了個大禍！」

「究竟發生了什麼事？」月炘驚惶的問道。

「剛才警方來電，説我們的一名學生昨夜在葵涌的一個貨倉放火，當場被捕。」

「那學生是誰？」

「伍少鋒。」

月炘呆了半晌。

怎會是他呢？伍少鋒是班裏成績最好的一名學生，沉靜內向，循規蹈矩，最近還獲提名當風紀。怎料他竟然去貨倉放火！

為何他會這樣的？因為誤交損友，近墨者黑？還是，他根本就是個壞孩子，在學校裏只是掩飾得好罷了？

「他是否被扣留着？」月炘問道。

「是。他還在警署。警方已聯絡了他那在內地公幹的爸爸，他今早會趕回來保釋他。」

「伍少鋒的媽媽呢？也離開了香港？」

「伍少鋒對警方透露，他媽媽早已過身，但我們卻沒有這個紀錄。」校長答道。

「六月份那家長日，我才見過伍少鋒的媽媽，她似乎很健康。今年開學至今，他也沒有告訴我，他媽媽逝世的

事，他的情緒也似乎很平穩。」月炘一臉疑惑的道。

「待他回校後，我們要問個清楚。」校長道：「警方說他們未必會起訴伍少鋒，因那場火並不猛，轉眼間便被撲熄了，倉主沒有打算控告他，多半是警告了事。但我會就這事與訓導組商量，一定要懲罰一下他。你身為他的班主任，也該教訓他。」

回到教員室，月炘的心情非常沉重。她一向認為自己與學生的關係良好，不少學生都愛找她傾訴心事。少鋒卻是例外的，他常把自己收藏起來，不讓人知道他的內心世界。

自去年起，月炘已開始當他的班主任，但原來她對他的認識是少之又少。

如果當初肯多花點時間與少鋒溝通，了解深入一點，可能會避免發生這事件。

月炘想着，不禁自責起來。

待他回來，一定要了解清楚。

翌日，少鋒如常回校上課。訓導主任早已「約定」他在午飯時間面談，月炘只好在放學時候才見他。

他跟平日沒有什麼不同。只是，嘴唇抿得更緊，眼睛垂得更低。

「伍少鋒，我平日甚少主動接觸你，因為一向覺得你很成熟，會處理自己的事，不用我操心。但前晚你在貨倉放火，簡直令我難以置信。你這樣做，目的何在呢？」月炘平靜的跟他道。

少鋒垂首不語。

「你已經是個中三學生了，該對自己做的事負責。你同意嗎？」

「我已被記了大過，你滿意了吧？」少鋒忽抬頭盯着她，冷冷的道。

月炘彷彿被摑了一巴掌，不禁道：「你怎會這樣說的？我當然不希望你被記過。但你犯了錯，必要受罰。我是你的班主任，我關心你，想幫你忙，但你要合作，對我坦白一點。告訴我，你為何要放火？是被損友教唆？」

少鋒抿着嘴笑道：「我想你不希望知道。」

「你儘管說出實情吧！」

「好！不妨告訴你。我就是教唆者，是我指使班裏另外兩名同學一起去放火的。」

「是你教唆的？」月炘驚道。

「是。他倆膽小如鼠，一聽到人聲便逃之夭夭。今早一見到我，便青着臉問我，有否供他倆出來。哼！無膽匪

類！」

月炘竭力令自己平靜下來，道：「你仍未告訴我，你放火的目的。」

「就是因為我想放火囉！」少鋒聳聳肩道。

「少鋒，既然你已向我如此坦白，那麼也不在乎告訴我你的目的吧！」

他猶豫了片刻，才道：「是因為我爸爸。」

「你爸爸？」

「我憎恨他。」少鋒陰冷的道。

「為何你對他的恨意那麼深？」她問。

「你自己去問問他，究竟做過些什麼。」他負氣的道。

「你覺得他不愛你，不關心你？」

少鋒低頭不語。

「你有否把這告訴他？」

他別過頭去，不屑的道：「告訴他又有何用？」

「你冒險去貨倉放火，被人逮捕，是想為他帶來麻煩，令他注意你的存在，是嗎？」

少鋒撥撥頭髮，冷笑道：「我以為那貨倉還是屬於他的，原來早已易手了。早知道，我該問清楚哪個貨倉是他的，才去放火。唉，真是浪費精力。」

　　月炘不禁打了個冷顫。一段父子關係竟會弄得如此糟，是什麼原因呢？翌日，月炘致電少鋒爸爸的公司，才知他已返內地，只好託人轉告之。未幾，他便覆電，語氣頗急躁。

　　「少鋒不是又再犯事吧？」

　　「不，他沒有。」月炘解釋道：「昨日我和少鋒傾談過，他提及你。似乎你們的相處不太融洽。」

　　「唉！少鋒很難搞的！他時常駁嘴，我跟他談不上兩句，便會吵起來。他脾氣那麼大，你説我該怎樣教他？」

　　「他自小便脾氣暴躁？」

　　「他小時並不是這樣的，以前他很溫馴、聽話。」

　　「他在哪時開始改變？」

　　「大概是近年吧。家裏有些變化，少鋒自那時起便變得橫蠻無理。」

　　「伍先生，是否介意告訴我，你指那家裏的變化，是跟你太太有關嗎？我並非想管閒事，但這有助進一步了解少鋒。」

　　「唔，我明白。其實，早幾個月前，我太太搬走了，不知去向。我四出打探，都沒有她的消息。她離開時，甚至沒有告訴少鋒。之後有沒有找過他，我則不知道。」

「少鋒與他媽媽的感情怎樣？」

「我想至少比我要好。我工作忙，時常不在家。我太太只做 part-time，與他見面時間較多。但她離家出走，少鋒是毫不知情的。」

「你太太離開後，你有否跟少鋒談過這事呢？」

「唉，叫我怎說呢？我也料不到她會一走了之的。我自己也不開心，不知道該如何跟他說。父子倆平日已少談話，漸漸變得無話可說。有事要談，總會吵架收場。唉！老師，你幫我勸勸他，希望他可以收斂一下脾氣。」少鋒爸爸歎道。

「伍先生，我會盡力幫忙的。不用太擔心，凡事總有解決方法。」她安慰他道。

究竟有何方法，可助少鋒和他爸爸改善關係呢？

她左思右想一整晚，終於想出一個方法。

在那周的班主任課，月炘跟學生進行了一個活動。

「今天，我請你們寫一封信。」

「是寫給你的嗎？」他們問。

「不。」

「是寫給校長？」

「也不。是寫給你最親的人。」

「好朋友？」其中一個學生道。

月炘笑道：「你真重視友情。但通常我們說到最親的人，是指我們的父母。」

「寫給父母？日日都見着，幹嗎要寫信？」

「你和父母朝夕相見，但大家談的多數是生活瑣事。我希望你們寫一封信給父母，是揭開隱藏在內心深處的一些感覺。可能是一些謝意、一些欣賞的說話，也可能是一些不滿、誤解。如果你心中充滿恨意，請把怒氣寫在紙上，奮力撕碎它，發洩過後，靜下來，再寫另一封，道出感受，但用字不要過分激烈。否則你父母可能未讀完你的信便惱怒得把它扔掉。這活動的目的是加強溝通，因此，你們要請父母回信。我已為你們各人準備兩個信封，一個作回郵信封之用。就在今晚把這信交給父母吧！」

「我父母現正在加拿大喎！」一個學生道。

「放心！我已準備郵票。有需要的話，請來我處取。」

她望望少鋒，他正伏在桌上睡覺。她便走到他身邊，推推他道：「還不快點寫？」

「我心中有太多恨意，怕寫三日三夜也寫不完，算了吧！」

月炘把一大疊紙放到他桌上。

「這可夠你把怒氣全寫出來。不夠的話，我還有紙。」

少鋒定睛看着她，才拿起筆開始寫。

放學了，同學們一窩蜂的擁出課室，少鋒還在拚命地寫着。

「Miss Chow！我怒氣仍未寫盡，怎辦？」他問道。

「我陪你留在這兒繼續寫。你要把怒氣發洩淨盡呀！」

五時左右，校工來鎖課室門了。少鋒擲下筆道：「我還是放棄吧。」

「不！你已開了頭，便不要停。來！跟我到教員室去，繼續寫下去。發洩完後，我與你談談與父母之間的關係，然後才寫信給他倆，好嗎？」

「我父母已經不理我了，寫信給他們根本沒意思。」

「少鋒，你誤解他們了。六月份那家長日，我見過你媽媽。她問了我許多問題，表現得很關心你。她的離去，原因我不清楚，但相信並非因為她不再疼愛你。至於你爸爸，我也接觸過他。他疼錫你是毫無疑問的，但他並不善於表達，與你的溝通出現障礙，結果誤會重重，爭執頻生。你母親的離去，對他亦是重大打擊。他要獨力承擔一切，包括你以反叛行徑來表達的不滿和指責。

「少鋒，一個人的忍耐能力是有限的。你要體諒他，關懷他，因為，他是你惟一的爸爸。可能他有些地方做得不好、不足夠，但父母也是普通人，有缺點，會犯錯。我們既接受朋友的缺點，為何不能接受父母的呢？」

少鋒想了一會，徐徐的道：「Miss Chow，你用不着花那麼多時間在我身上，你大可以不理我的！」

「你說得對！但因為我是你的老師，我關心你，並有責任幫你。你爸爸也疼愛你。若不，他大可以留在內地做事，不回來保釋你。然而，他還是趕回來，只因你是他兒

子。這樣好的爸爸，你也怨恨他？」

「他根本不了解我。」

「你有否給他機會去了解你呢？你常在家裏發脾氣，他要了解你也無從入手！」她拍拍他的肩膊道：「寫封信給他，説出心聲吧！我陪你寫。」

「你陪我寫？你也寫給你爸爸？」

「是。但我這封信要燒給他才行，因為他已不在世了。我後悔沒有在他生前跟他多傾談，多關心他，現在只有遺憾。我不希望你會步我後塵。」

少鋒沒有答話，靜靜的望出窗外。未幾，他拿起紙筆，開始寫起信來。

黃昏的陽光柔柔滲進，灑在兩人身上，並在有涼涼秋意的教員室裏，散布着一點點溫暖。

丁明和婉心

一

「丁明！加油！丁明！加油！丁明……」

白婉心在紅社的啦啦隊中拉盡嗓門為袁丁明打氣，她手執着兩個粉紅色的尼龍繩球，毫無章法地亂搖亂舞。結果，丁明在一百米賽事中，以凌厲的後勁衝破終點，奪得第一名。

「好嘢＊！丁明！好嘢！」婉心興高采烈地把兩個繩球拋到半空，其中一個掉下來時，剛好跌在前面紅社社長張勁強頭上。

張勁強猝然轉過頭來，咬牙切齒地跟她道：「好好好！好什麼呢！我們紅社『跑第尾』＊，你還說好？你是否色盲看錯了？」

「她當然沒有看錯！」紅社副社長巫媚誇張地歎了口氣。「唉……你有所不知了！人家的『老公仔＊』是藍社的

＊好嘢：粵語方言，這裏指好了不起的意思。
＊跑第尾：粵語方言，指跑步成績倒數第一。
＊老公仔：粵語方言，妻子對丈夫親暱的稱呼。這裏是同學開玩笑的話。

猛將。任你放白婉心在紅橙黃綠社的啦啦隊中，她還是會為藍社打氣，為她『老公仔』吶喊！」

「原來如此！那麼，要不要我以特別理由為你向校長作申請，好讓你回歸你『老公仔』所屬的紅社？」張勁強兩邊嘴角塌掛下來，像一隻倒轉了的魔鬼丫叉。

各人不滿的反應，如刀劍般飛射過來，卻絲毫無損婉心高興的心情。

「希望紅社的運動員繼續努力，在下一屆的運動會獲得更好的成績！」婉心春風滿臉地説了些「風涼話」。

各健兒齊集在頒獎台上，等候領獎。下午四時正，烈日高掛，曬得各人大汗直冒，仿如塗上一層亮光光的油。

「個人全場總冠軍是藍社袁丁明同學！」司儀宣布過後，全場掌聲雷動。

丁明踏上頒獎台，接過金光耀眼的獎盃後，咧嘴而笑。頒獎嘉賓一時興起，拿過司儀的咪高峯，笑着來個即興訪問：「袁同學，今天得到最高的榮耀，有何感想？」

想也沒有想過有機會向全校老師同學説話的丁明，有點愕然。他接過咪高峯後，在紅社的觀眾席上嘗試找尋婉心的芳蹤。

婉心笑着微舉起手來，向他揮了揮。

　　丁明看見她了，更是雀躍。他深呼吸了一下，舉起咪高峯道：「得到全場總冠軍，我當然高興。我現在最想做的，就是跟我最愛的人分享這個獎！心心！多謝你一直以來的支持！」

　　丁明居然當眾向婉心示愛，同學聽了無不嘩然。婉心輕按着心房，感動的淚水流了一臉。

　　「多謝袁同學的分享！」校長急急把咪高峯奪回，交還司儀。

　　「如果袁丁明還有咪高峯在手，我猜他可能會即場向

你求婚！」坐在婉心身邊的雪碧湊到她耳邊道。

求婚？丁明會向我求婚？

一想到這裏，婉心雙頰緋紅。

我們只是中三學生，結婚這事，對我們來説，太太太遙遠了。

但，如果我和丁明的感情可以一直維繫下去，我們——或許——真的可以步入婚姻註冊署。

會不會有那一天？

運動會完結了。

觀眾席的同學紛紛散去。婉心在通道一旁流連，想等丁明。

「白婉心，怎麼站在通道阻塞交通？」班主任吳 Sir 笑問道。

「我……等人啊。」婉心回答道。

「等人？這兒不能停留啊！你是等袁丁明吧？」吳 Sir 問。

「對。」她靦腆一笑。

「他正被校報小記者訪問和拍照，你還是不要等他了！」吳 Sir 道，「我會駕車送幾個同學回家，順道送你一程吧！」

同卓的二個同學下車後，吳 Sir 開始跟婉心傾談。

「你和袁丁明認識了很久？」

「是的，我們自中一便同班了。」婉心甜絲絲地回道。

「那麼，你們拍拖有多久？」吳 Sir 直接問道。

「中一第二學期開始拍拖，到現在已有兩年半。」婉心坦白地道。

「你們的家人知道嗎？」

婉心搖搖頭，「吳 Sir，請你千萬不要告訴他們啊！」

「我尊重你對我的坦白，我不會向他們說。但，拍拖有否影響你們的學業？」吳 Sir 關切地道。

「吳 Sir，你少擔心！我和丁明拍拖後，成績還進步了。我們都知道讀書的重要，平日拍拖的節目是去圖書館一起溫習和看書。測驗、考試成績好，才會去看場電影慶祝一下。這樣『非一般』的拍拖法，夠『正氣』吧？哈哈……」婉心以一串清脆的笑聲結束了這次有關拍拖的談話。

二

學校運動會後的一個星期……丁明剛踏進校園，婉心便跑到他跟前，笑吟吟地雙手奉上一個暖壺。

「早晨，丁丁！這是我昨晚親手煲的老火湯，是鱘魚

節瓜瘦肉湯，我爸媽都讚好。你先來喝一碗吧！」婉心為他倒了一碗香味濃郁的湯。

「嘩，真的很香啊！」

「你喜歡就好了！慢慢喝！」婉心甜甜地笑道，「明天我打算煲椰子雞湯，我亦會留一些給你。」

「好香啊！」同班的冼能仁把頭伸到他倆中間，皺起鼻子用力聞一聞這碗濃郁的老火湯。「我可以要一碗嗎？」

「冼能仁！你妄想了！這些愛心湯水只是為袁丁明煲的！」雪碧笑着插嘴道：「你叫你媽媽給你煲吧！又或者像袁丁明一樣，找一個『老火湯老婆』。不過，像婉心這樣賢良淑德的女孩，很稀有啊！」

丁明和婉心聞言，相視而笑。

「其實我還有很多東西要學習，所以，我中四一定會選修家政，學做個全能太太！」婉心跟他們道。

「真有志氣啊！」冼能仁豎起拇指，誇張地道，「袁丁明，你又如何呢？白婉心早已為你們的將來作打算！」

「我當然亦有計劃！」袁丁明氣定神閒地道，「我中四會選商科，將來要在商界闖一番事業。這樣才可以——」

「養妻活兒！」冼能仁搶先替他續了下去。

「嘖嘖嘖！你倆真的羨煞旁人！」雪碧搖搖頭，以艷

羨目光道：「相信我們畢業後頂多三數年，便會收到你倆的喜帖！」

「不！我猜他倆畢業袍還未脫便會衝往婚姻註冊署排期註冊。」冼能仁打趣道。

「你們真是天真！」同班的賴菀芝冷笑一聲，下了一個令人極不愉快的評語。

「賴菀芝，不要潑人冷水！」冼能仁立刻訓斥她。

賴菀芝來回盯盯婉心和丁明，問：「你倆該是初戀，對嗎？」

「對呀！那又怎樣？」婉心急問。

「你們知道嗎？與初戀情人步入教堂的機會是微乎其微！」

這句殘酷的話搗碎了剛才他們一段夢幻般美的對話。

「何以見得？」雪碧蹙起眉頭質問她。

「很簡單，我的四個哥哥姊姊拍拖次數『斷打計』*，初戀更最多維持半年左右便悶得要急急分手。他們說，不該為一棵樹而放棄整個樹林。多交幾個異性朋友，才可以確定自己想要的是一個怎樣的人。如果『將將就就*』跟初

＊斷打計：粵語方言，形容次數很多。
＊將將就就：粵語方言，指馬馬虎虎的意思。

戀情人結婚，將來，更好的異性出現了，自己只有後悔的份兒！」賴菀芝仿如愛情顧問般發表了她的一套偉論後，再以一陣冷笑作結。「哈哈！不要怪我多嘴，我只是覺得有需要表達一下意見。凡事都不能過分樂觀，一定要作最壞打算！真的，初戀多數無疾而終。」

賴菀芝走開了，亦同時擄走了先前的愉快氣氛。各人靜默無言，正思量着如何打破這個悶局之際，上課鐘聲響起了。

三

這天放學後，丁明和婉心如常結伴走到巴士站。不知是否因為受賴菀芝的殘酷理論所影響，兩人都神情恍惚，交談是一句起兩句止，連眼神交流也欠奉了。

初戀多數無疾而終。

簡單的一句話，便把他倆持續兩年的戀愛關係判了死刑。

真是荒謬！丁明越想越是生氣。

那賴菀芝算是什麼呢！她分明是妒忌他倆的甜蜜關係，才胡説八道，令他倆的心靈大為震盪。

「婉心，你還在想着賴菀芝今早的一番話嗎？」丁明

大着膽子問她。

「唔……我……沒什麼。」婉心有點語無倫次，顯然，那番話仍在衝擊着她。

「千萬不要受她的話影響！」丁明握着婉心的手臂道：「她只是隨口說說罷了！她又不是學者，又不是做過什麼統計，她根本是信口開河的！就算她身邊的人全部初戀失敗，那又怎樣呢？凡事總有例外的！讓我們證明給人家看。」

「證明？怎樣證明呢？」婉心不禁問道。

丁明想了一想，回道：「讓我先向你作個證明！」

他把婉心帶了回家。拍拖近兩年，她還是第一趟上他的家。

丁明來自單親家庭，他與任職保險的爸爸相依為命。下午四時半，爸爸還在工作。

家裏空無一人。

「婉心，進來我的睡房吧！」丁明在房門前跟她招招手。

「嘎？進去你的睡房！？」婉心嚇了一跳，質問他：「你……想做什麼呀？」

丁明怔了一怔，明白過來了，失笑道：「你不要誤會

啊！我絕對沒有什麼不軌企圖！我也不像是那類人吧？」

婉心釋懷道：「唔。對不起！我不該懷疑你。」

她笑着走進丁明的睡房。

牀頭一端放了一個體積頗大的玻璃櫃，裏面有數十個獎牌和獎盃。丁明扯一扯玻璃櫃後端的一條繩子，櫃頂的燈便亮起來，陳列的獎項更是閃閃生輝。

「你真厲害！」婉心把雙手放在胸前互握着。「這兒至少有三十個獎，我有沒有猜錯？」

「是四十二個呢！」丁明打開玻璃櫃的門，取出其中幾個金牌。

「這是我小學三年級參加學校水運會獲得的第一面金牌。這個呢，是我四年級時取得的校際乒乓球大賽金牌。至於這個，是我上中學後贏取的第一個一百米金牌⋯⋯」丁明如數家珍地介紹了這幾個金牌的「歷史」。

「這些金牌是我最珍惜的。我全送給你！」丁明兩手捧着這些金牌，恭敬地奉上。

「這是你努力苦幹所獲的獎，我怎能收下呢？」婉心搖頭又擺手，拒絕接受。

「你收下吧！這些是我努力的證明啊！我把我的榮耀送給你，因為，你也是我的榮耀呢！」丁明微笑着表白他

的心意。

　　婉心把這些獎牌捧在懷裏，先前的疑慮，不安感覺已被拋諸腦後。

　　誰說初戀多數無疾而終？我們就要證明給別人看，我們的初戀是細水長流的，終有一日會開花結果。

　　一定會。

　　　　＊　　　　　＊　　　　　＊

　　漫長的聖誕假期過後，同學們便要收拾心情回校上課。

「婉心，早晨！」雪碧在操場碰見婉心，笑嘻嘻地跟她打招呼。「你的『金牌老公』呢？還未回來嗎？今天你有沒有帶老火湯來給他補身？」

婉心轉過臉來，原本是紅潤如朝陽的她，竟變得蒼白如鬼，委實嚇了雪碧一跳。

「婉心，你病倒了嗎？」雪碧憐惜地問。

婉心搖搖頭，淒楚地笑道：「我沒有生病。」

「那你一定有事發生了！沒見你一個聖誕假期，你竟然憔悴了好幾年！究竟有什麼事？」

「沒什麼，真的沒什麼。只是有點疲倦罷了。」婉心低下頭道。

「呀！你的『金牌老公』剛踏進校門。我去叫他過來看看你。」

「不！不！不用啦！」婉心拚命扯着雪碧，慌張地道：「不要去叫他！我……暫時不想見他！」

「不想見他？」雪碧愕然地問：「你倆在冷戰嗎？」

婉心看進她的眼睛，道：「我……我和丁明……」剎那間，婉心已熱淚盈眶，聲線抖顫至無法說話。

「難道——難道你們已分手了？」

婉心已不能答話，只懂搗着臉號哭起來。

四

到了午飯時間，慣常與丁明一起吃飯的婉心，今天卻拉着雪碧往飯堂。

「你和丁明究竟發生了什麼事？好端端的怎會分手呢？難道是那賴菀芝的一番話令你們失了信心？」雪碧追問道。

「菀芝，拜託你不要問我，也不要問丁明！給我們靜一靜吧！」婉心雙眼一紅，似乎有滿肚憂傷。「我什麼也可跟你談，除了我的感情事。」

雪碧見狀，不再強迫她。

那邊廂，丁明表面沒有什麼，但終日寡笑寡言，滿懷心事。冼能仁出盡方法逗他説出心中鬱悶，都是徒然。

一月，學校舉行了第一學期考試。

考試結束後，便是班主任最忙碌的時候。各班主任必須收集該班同學各科的分數，以製作成績表。

當 Miss Cheung 把 3A 班英文科成績交給吳 Sir 時，她不禁歎了口氣。

「今次考試，你班的學生大部分都有進步，惟獨是那對小情人！」

「你指的是袁丁明和白婉心？」吳 Sir 問。

「除了他倆，還有誰呢？」Miss Cheung 反問道，「在陸運會中公然示愛，真夠浪漫啊！可惜，浪漫歸浪漫，身為學生，還是要讀好書。袁丁明今次考試分數跌了二十多分，只是僅僅合格。白婉心嘛，更『見紅字』＊！可能是過分沉醉於二人世界而累了事！」

「唉──我曾跟白婉心談過，她還說他倆明白讀書的重要，拍拖後，成績反而有進步呢！但今次考試，他倆的成績全部下跌，尤其是白婉心，已有三科不合格。」吳 Sir 道，「不過，最近我再沒有見到袁丁明和白婉心走在一起，他倆上課亦有點神不守舍呢！」

「莫非他們情海翻波，以致考試成績大倒退？」Miss Cheung 詫異地道。

「那我該怎樣做？」吳 Sir 急急求救。

「我想，你要個別輔導他們了！」

「怎樣輔導呢？我又沒有學過輔導，根本無從入手。」吳 Sir 一臉困惑地道

「跟學生談天說地不太難，但要輔導他們，我……實在無能為力。坦白說，我自己都沒有拍過拖，沒有可能了

＊見紅字：指考試不及格。

解他們的心態！」

「你是班主任，是最熟知他們的人。你一定有辦法的！」

Miss Cheung 笑笑，把這個球擲回給吳 Sir。

吳 Sir 只好硬着頭皮接受這個「艱巨」的差使。

正當他在思量如何跟這對小情人進行輔導時，他發現了一件令人吃驚的事情。

學校的家長日在二月中舉行。校方會派發家長日通告，請家長選擇出席的時間。

在收集家長日通告時，吳 Sir 發現，袁丁明的出席家長姓名上，竟是他媽媽黃少芳的名字。吳 Sir 記得，學期初時，他曾看過 3A 班學生的資料冊。在袁丁明白的資料上，清楚列明他惟一的直系親屬是爸爸，他媽媽是「已卒」！

已卒的媽媽怎可以出席他的家長日呢？

小息時，吳 Sir 立刻把袁丁明找來問個明白清楚。袁丁明一直垂着頭，不發一言。

「袁丁明，究竟你入學時給學校報上的資料是否不真實？」吳 Sir 見他眼神閃縮，眉頭緊皺，似乎有難言之隱，遂轉以溫柔的語氣再道：「你是否有苦衷？若有的話，坦白道出來吧！」

　　袁丁明咬咬牙，欲言又止地道：「你們……這些大人真難明白！我……不知道還有誰可以信任！」

　　「袁丁明，你想說什麼呢？」吳 Sir 完全摸不着頭腦，遂問道。

　　「我也不知道該如何說起。如果你想問，便問我家長吧！」袁丁明有點負氣。

　　「你家長？」吳 Sir 謹慎地問：「我該找哪一位呢？」

　　袁丁明冷笑一聲：「你想找我爸爸？沒可能了！找我媽媽吧！」

　　「你媽媽的聯絡電話是──」

　　「對不起！我還是剛剛才知道有她這個人。我沒有她的聯絡電話啊！」袁丁明的話完全不能理解，吳 Sir 耐性耗盡，有點生氣了。「袁丁明，你怎會沒有媽媽的聯絡電話？！你的家長日回條上，出席的家長就是她啊！」

　　「所以，我剛才說：你們這些大人真難明白！吳 Sir，後天便是家長日了。你想知道什麼，到時問問我的家長吧！」

五

　　這個家長日是吳 Sir 的第一個家長日。新入職的他，還

在適應期，便要面對這些棘手的問題，對他來説是個極大的挑戰。

「袁太！你好！」吳 Sir 把站在門旁的袁丁明媽媽請進課室。

袁太看來比一般家長年輕，衣着有品味，她一坐下來便道歉。

「對不起，吳 Sir，我該早點來找你才是，但因為一直要加拿大、香港兩邊走，所以抽不出時間。丁明該跟你説過我們家最近發生的事吧？」袁太問。

「事實上，丁明對家事守口如瓶。他似乎不太願意跟我分享，但我也看得出，他正受家事困擾。」吳 Sir 回道。

袁太長長歎了口氣，才道：「其實，我一直沒有跟丁明和我先生一起生活。多年前，我和我先生之間有點誤會，他一聲不響把只有兩歲的丁明帶走，自此我找不到他兩父子了。

「去年年尾，我先生因心臟病病死。我還是在報章看到訃文才知道。

「我和丁明分隔十二年才相見，但相見一刻，場面並不溫馨感人。因為，我先生早向丁明説我已病死。所以，當丁明見到我的時候，他像是見到鬼一樣。

「自到現在，他仍沒有叫我一聲媽媽。」袁太苦笑道。

「這樣複雜的事情，相信丁明要一段時間才能夠接受呢！」吳 Sir 明理的道：「我想，家庭的突變就是導致他成績大倒退的原因之一。」

「他的成績怎樣，我並不太在意，因為，月尾我便會帶他往加拿大，跟我一起生活。」

「袁丁明願意跟你走嗎？」吳 Sir 衝口道。

「我是他媽媽，亦是他最親的人，他當然要跟我走！」袁太一改婉轉的語調，變得強硬起來。

「這點我明白，但是，養育他十多年的人突然離世，一個以為不在世的親人又忽然出現，還要立刻帶他離開一個他成長的、熟悉的地方。這一切，他怎可以一下子適應呢？」吳 Sir 試着向她解釋丁明的困擾。

「當初他爸爸把丁明偷偷帶走，你以為我會一下子適應過來嗎？」袁太臉色一轉，怒氣衝冠的反問他。

吳 Sir 對她激動的反應有點措手不及，只好緩緩道出感受。「我認為，丁明只是個十四歲的孩子，應該給他多點時間去接受你，認識你。」

「我就是要給他一個機會去認識我，讓他跟我回去我的地方，大家再慢慢建立關係。」袁太把丁明的成績表

取過來，道：「我現在去替丁明辦理退學手續，我會讓他上課至本月尾。多謝你一直以來給他的教導，謝謝你！再見！」

目送着袁太遠去，吳 Sir 終於明白，袁丁明這兩個月何以有巨大的改變。可惜，袁丁明在校上課的日子只剩下短短數天。他可以為丁明做些什麼呢？

星期一，吳 Sir 做了一件他從沒有做過的事，就是：邀請學生一起午飯。而被邀者當然是袁丁明。

「丁明，上星期六的家長日，我跟你媽媽詳談過了，知道你會隨她到加拿大生活。不過，你似乎仍未適應這個重大的轉變，對嗎？」

「你跟她談過，想你也知道我家裏發生的事吧。」丁明談到家事，眼裏浮現一層淚水。「養我育我的爸爸突然走了，他口中早已死去的媽媽一天忽然出現，不停謾罵我最敬愛的爸爸，説他拋棄了她，又偷走了我，不負責任兼沒良心。這個罵人了得的女人，説她就是我媽媽，亦可以拿出充分證據來證明。我只可以相信她，亦無可奈何地要投靠她。」

「丁明，我多少也了解到你的心情。事情發展得那麼快，你要時間去適應。若站在你媽媽角度去看，她在那件事上，的確是受害者。她有理由為此感到憤怒，你要明白這點。既然她想跟你一起生活，與你再續母子情，我認為你該好好珍惜這機會。

「陪伴你成長的爸爸突然去世，你懷念他是當然的。你媽媽呢，她亦有撫養你的權利，但她的權利被掠奪去了。千辛萬苦尋回你，她當然希望補償以往失去的時光。你可以理解嗎？」

丁明凝視着他好一會兒，才淡笑道：「吳 Sir，我一直

以為你只會教書，不大關心我們的生活，但今天，你令我改觀了！」

「我當你這是個讚賞，多謝你！」吳 Sir 道，「既然你對我這樣信任，我想再問你一件事。」

「什麼事？」

「你和白婉心不再在一起，就是因為家裏的突變，令你無所適從，以致不想維繫跟她的關係？」

丁明頓了一頓，才道：「我跟爸爸一起十多年，他只會告訴我，我死去的媽媽如何溫柔、如何愛家。雖然我是單親家庭的孩子，我覺得我沒有任何缺失，我對愛情、婚姻有很大信心。不過，媽媽的出現，令一切都改變了。原來這十多年，我是生活在一個假像裏，事實是完全不一樣的！我已不知道該如何面對一段感情，所以，有一晚，我致電婉心，冷冷地跟她說：『對不起，我們還是分手吧！』我知道她必定很傷心，但，我真不知道該如何向她解釋一切。」

「丁明，你自以為生活在一個假像裏，但我不能認同。我認為你每天都生活在愛中。你爸爸雖不能給你母愛，但他令你感到生活沒有缺失。白婉心談起你，是笑意盈盈，眼裏滿是愛意的，這些都絕非只是個假像！

「雖然你快將離開香港，會和白婉心分隔兩地，一段情能否維繫下去，沒有人能預計，但這個時候，作為一個有責任感的男孩子，你必須向她解釋一切。你在自己的困擾中摒除她，這只會令她陷入更嚴重的困擾中，皆因女孩子最愛胡思亂想。作為老師，我已察覺到，她的困擾正影響她的學業成績和上課情緒。」

丁明抿嘴一笑，道：「多謝你，吳 Sir ！我——不知道我可否先行告退呢？我想趕回學校找一個人！」

吳 Sir 看看腕錶，道：「快走吧！還有十五分鐘便要上課了，快去！」

丁明二話不說，飛快的跑出快餐店。

這個年青的、充滿朝氣的背影，竟令吳 Sir 緬懷起一些往事。

中學時期，他也曾毫無原因地了斷了一、兩段感情。如果當時有像他這樣的老師在旁提點他，情況可否會不一樣呢？

作者補誌：

《丁明和婉心》寫的是一個中學生初戀的故事，雖然是多年前所寫的，但今天重讀，絲毫沒有過時的感覺。因

為「學生談戀愛」這題目，穿越多個時代，而且也是教師和家長想迴避卻無法迴避的問題，重要的是我們成年人如何去看待它，如何去引導少年人。

我讀初中時看過日本作家三浦綾子的《綿羊山》，書中的一句話令我印象深刻——「愛一個人就是要令對方有所成就。」真正的愛，不是兩個人沉醉在卿卿我我的世界就足夠，而是要幫助對方去尋找他／她的人生目標，推動他／她去為這目標而努力。

於是我想到，與其我們一直迴避學生戀愛的問題，不如正視它，把它攤開來談，希望給學生一些正確的引導，讓他們有所借鑒，因此我創作了這個故事。

故事中的主角起初並沒有因為戀愛而影響學業，反而在向共同的目標進發中互相鼓勵，成績進步了。但他們畢竟年少，一旦遇上問題，就不懂如何應對，這時候師長的幫助和扶持對他們便顯得極為重要。

我寫這故事不是鼓勵學生談戀愛，而是覺得現今的學生早熟，對愛情有許多疑問，感到好奇。老師是成年人，可以引導學生妥善地面對初戀，引領他們走出感情困惑的迷惘，就如書中的吳 Sir。

依妮爸爸的天國

「胡老師，天堂有沒有賽馬的？」

上聖經課時，一位學生忽然這樣問道。

胡老師皺起眉頭，從教師桌上的座位表裏嘗試找出這同學的名字。這個矮矮瘦瘦的女孩子有個很平凡的名字——劉依妮。

「胡老師，你剛才説，在天堂的人可以做任何喜歡的事情，那麼，看賽馬、買馬，可以嗎？」

劉依妮見她未作回答，遂再問道。

「天堂與人世可不同呢！」胡老師以指尖托一托眼鏡，思量着該如何回答。「唔，我們在世上所享受的，是無法與在天堂的相比。」

「我不明白呀，胡老師！究竟天堂有沒有賽馬可以看？」依妮緊張的把問題重複一次。

胡老師輕歎了口氣，回答道：「我相信不會有了。因為，在天堂裏有另一種尋求快樂的方式，是我們無法知道的，但一定是遠勝世間所有的享樂……」

依妮的頭越垂越低，胡老師的話也越飄越遠。

「彭老師，你覺得你班的劉依妮為人怎樣？」

胡老師下課後回到教員室，便問劉依妮的班主任彭小冰老師。

「劉依妮？我對她沒有什麼印象。唉，我一開學便要忙於籌備開放日的事，根本沒有時間去認識自己班的學生，再加上我只是教她們科學，一星期才見她們三、四堂，連名字也記不熟，更莫說留意到她們的行為問題了！」彭小冰老師連珠密炮地道，「究竟她有什麼不妥？」

「剛才我上你班的課，說到天堂與地獄，劉依妮忽然問我：『天堂有沒有賽馬？』我從未聽過這樣奇怪的問題。我試着給她解釋，她卻伏在桌上不肯聽。唉，真氣死人！」

「或許她只是想吸引別人注意吧！」彭小冰老師聳聳肩道。

「總之，我覺得她是有點問題的。」胡老師肯定的道。

「唉，我真的沒有什麼時間去了解她。」彭小冰老師搖頭道，「恕我沒辦法做個盡責的班主任了。」

她站起來準備上課去，忽地想起了些什麼，眼睛一閃，道：「呀！有了！我可以替她報名參加『大姐姐計劃』，讓高年級學生幫忙照顧她。唔，就這樣辦吧！」

就這樣，依妮被安排參加了「大姐姐計劃」。

　　＊　　　　　　＊　　　　　　＊

這天，是她們第一次的聚會。一位中四的大姐姐微笑着跟她們説話，她的笑容溫暖如陽光。

「各位中一同學，歡迎你們參加我們這個『大姐姐計劃』，我們這些大姐姐都很樂意幫助你們適應學校這新環境。現在讓我們先分組。」

依妮很喜歡這位既漂亮又親切的大姐姐，可惜，她與這位大姐姐並非同組。

「你好嗎？我是中四的吳秀雯，很高興認識你們。今次……」

同組的大姐姐聲音尖鋭得像錐子，説話鑽進人家耳裏，令人頭皮發麻。

聽着這位師姐説話，依妮忽然想起了一段往事。

依妮小時曾跟爸爸到街市買菜。經過一個賣菜的攤檔，忽聽見那賣菜婦又尖又刺耳的叫賣聲：「喂！好靚菜心呀！」嚇得人差點耳膜碎裂。爸爸馬上抱起依妮，急步跑開，一邊道：「嘩！多麼恐怖的聲音！把我吵聾不要緊，萬一吵聾了我的寶貝女兒，怎麼辦？」

爸爸。

依妮的淚水忽地滾滾而下。吳秀雯仍未發覺，依妮身邊的同學已叫起來。

「你怎麼了？」

依妮索性掩臉哭起來。

「你為什麼哭呀？」吳秀雯吃驚的問她，然後上前拍拍她的肩膊。

「你不要理我！」依妮撥開她的手，一溜煙的衝出輔導室。

她跑到樓下操場的洗手間，躲在其中一格，關上門痛哭一場。

＊　　　　　＊　　　　　＊

依妮回到伯父伯娘家時，已近六時。

堂兄堂弟們正在客廳玩「街頭霸王」電視遊戲，伯娘則臥在沙發上，專注看她的娛樂雜誌，沒有人留意到依妮哭得紅腫的雙眼。

她靜靜的回到自己的小角落，把書包放在風扇包裝盒上，就拿出書簿來，準備做功課。

「依妮回來了沒有？」

是嫲嫲的聲音，她剛買餸回來。

「嫲嫲！」依妮趕上去替嫲嫲挽餸到廚房。嫲嫲一看

94

見她那對紅紅的眼睛，憐惜的道：「你又哭了？」

依妮淡淡一笑，沒有回答。她瞧見嫲嫲的一袋冥鏹，問道：「是給爸爸的吧？」

嫲嫲點了點頭，依妮便把整袋冥鏹拿到她自己的小角落，默默的摺起衣紙來。

晚飯過後，兩嫲孫便到樓下燒冥鏹。

經過書報攤時，依妮停了下來。

「你要買什麼呢？回家時才買吧！」嫲嫲催促她道。

「我想買這三份報紙。」依妮指着三份馬經。

「怎麼？你買馬經？」嫲嫲吃了一驚。

「是買給爸爸的。」她輕聲道。

兩嫲孫就蹲在街上，把金銀衣紙逐一放進火盆裏。熊熊的火頭急驟的跳起來，貪焚地吞噬着它們。

「依妮，你不惱你爸爸了嗎？」嫲嫲試着問道。

「為什麼要惱他呢？」依妮反問道。

「唉──」嫲嫲歎起氣來，眼淚也一併湧出。

「你爸爸不生性囉！好賭、酗酒，不顧家，氣得你媽媽要離家出走，累你自小沒有媽媽疼。」

「其實，如果媽媽真是疼我，就不會一走了之，而且全無音信。」依妮幽幽的道。「嫲嫲你並不知道，在媽媽

走了以後，爸爸改變了不少。」

「他有改嗎？還不是照樣賭馬？」嫲嫲歎道。

「不，他只是看賽馬，沒有下注。他答應過我不再賭錢，他是真的戒了賭！」依妮立刻替爸爸辯護。「但他說，他看賽馬、讀馬經是一種興趣，戒不了。我想：這也沒關係吧。」

「但，他始終戒不了酒。」嫲嫲又歎了口氣。

據警方告知，依妮爸爸是喝醉了，在碼頭閒逛時，不小心掉進海裏淹死的。

「如果他不再喝酒，可能命不該絕。」嫲嫲擦去剛掉下來的淚，感慨的道。

「爸爸早在兩年前已戒了酒。不過，他死前幾天遇見了媽媽，便又再喝起酒來。」依妮道出了實情。

「唉，都是你爸爸不好。如果他生性點，爭氣點，你也不用這樣淒涼！」

「你不要怪爸爸了！其實他已經很努力工作，只是沒有比別人賺得多。但這不要緊，我覺得，他比媽媽更疼我。至少，他不會拋下我不理。」

依妮把最後的一疊馬經放進火盆裏。

蹦跳着的火焰像攀藤般爬到紙上，不消一會便把它吃

掉。

　　那個問題又再在她腦裏升起：

　　究竟父親在天堂可以看到賽馬嗎？

　　　　　＊　　　　　　＊　　　　　　＊

　　「依妮！依妮！不要走！」

　　小息了，依妮正要走出課室，小青卻叫停了她。

　　「我要趕去食物部呀！我仍未吃早餐！」依妮道。

「昨日在『大姐姐計劃』聚會中，你忽然走了出去，那些大姐姐四處找你也找不着，擔心死人了！」

「我有點不舒服，所以……」依妮支支吾吾的回道。

「唉，你別説了，先跟我來吧！」小青扯着依妮的手臂便跑。

「你要帶我往哪兒去？」

小青沒有答話，一直把她扯到小花園入口。

「你自己進去吧。」小青放開她的手，順勢推她一把。

依妮向前走。小花園就在教員室後面，拐個彎，她便見到不遠處一個高大的身影。

「你好嗎？」

這人轉過身來。

是她呢。

依妮心裏很是歡喜，但嘴唇卻密封着似的，半句話也説不出來。

「我叫藍敏。上次在大姐姐聚會中，我們見過面，不過未有機會交談。不知道你還記得我嗎？」藍敏微笑道。

依妮點了點頭，心裏有點疑慮。為何要見她的是藍敏而非那位尖聲的大姐姐？

「你來過這花園沒有？」藍敏問她道。

「沒有。」依妮並不知道，原來在教員室後，有這麼一個美麗的小花園。

一列列木架上，有多盆淡粉紅色的玫瑰及康乃馨，正展露着燦爛的笑容。

「曾經有一段日子，我很不開心。小息時總會一個人到這兒來，看看花，想事情。那時，同學們都以為我愛離羣獨處，覺得我很奇怪，但我那時心情太差了，根本不想與她們交往。她們並不明白，有些人在不開心的時候，便不想說話，渴望獨處。」

藍敏的話，依妮十分贊同。

「藍敏姐姐，昨日……我忽然跑了出去，嚇了你們一跳。真是對不起！」依妮突然很想為昨天的事道歉。

「你不用道歉！你沒有做錯什麼事。任何人都會有情緒低落的時候。」藍敏道，「我想，昨天你只是不想別人看到你激動的樣子，所以走了出去，是嗎？」

依妮低聲回道：「其實，這幾個月，我在學校裏，時常都會哭。」

「我相信你哭的原因，並非不適應新環境。」藍敏試着道。

依妮垂下臉，頃刻，才道：「我也不想這樣的，但每

逢腦裏浮現起他的樣子，或者忽然想起一句他說過的話，淚水便禁不住流下來，我沒辦法控制自己啊！在街上走着，我會哭，吃飯時，也會哭，晚上睡不着，或是早上一醒來時，總之……

「我明白你的心情。」藍敏道：「兩年前，我外婆病逝。有一段時間，我也是以淚洗面。因為外婆一直照顧我，是我最疼的人，我完全不能接受她的離去。」

依妮心裏有點震動，原來藍敏亦有跟她相似的遭遇。

「幸好我遇上了學校的一位輔導老師，是她教我學會如何疏導情緒。你想不想聽聽呢？」藍敏問道。

依妮點了點頭。

「明天我倆一起吃午飯再談吧！」

依妮熱切期待着明天的來臨。

怎料，翌日……

「你們今天午飯時間全部留在課室！」廖老師怒道。

整個課室鴉雀無聲。半晌，才有數隻小手怯怯的舉起。

「廖老師，我午飯時間要去接弟弟放學啊！」

「我今天約了媽媽吃午飯呀！」

「我有胃病！不吃午飯會暈倒！」

「我要幫鄭老師忙，做音樂室的壁報！」

不斷有千舉起來，各人有各人的重要原因，不能留堂。

「我不要聽任何藉口！總之，任何人也不可以在午飯時間離開！」廖老師決絕的道，「我已經多番警告你們這一班，但你們老是把我的話當作耳邊風。由學期初到今天，從未試過交齊任何一樣功課，也未試過有一堂是全班都帶齊課本及作業的。你們自己說，你們算是什麼學生？學校今年為全校定的目標：『做個盡責的學生。』你班可說是最差的典範⋯⋯」

依妮急起來了，把手舉得高高的，但廖老師自顧自罵人，根本沒有讓她說話。

坐在她身邊的小青靜靜的哭起來了。依妮知道她真的是要趕往幼稚園接弟弟放學的。

依妮從書包裏取出一包紙巾，遞了一張給她，自己也取了一張，接着剛掉下來的淚。

午飯鐘聲響了。

平日同學們聽見這個鐘聲，必定雀躍萬分。今天，這鐘聲則如同喪鐘，令整個課室罩着愁雲慘霧。

廖老師準時到來。

「我只是留你們在課室五十分鐘，你們可利用最後的十分鐘去小食部買點東西吃。我希望你們明白今次留堂的

目的⋯⋯」

此刻，藍敏一定是在相約的地方等候着我。唉，我們第一次的約會，就這樣告吹了。

「班長，把作業派給同學吧。你們有許多同學都沒有寫目錄的習慣，有些同學甚至連目錄表也⋯⋯」

「廖老師！」

外面忽然傳來一把熟悉的聲音。

「廖老師，對不起！我可以跟你說幾句話嗎？」

是藍敏！她就站在課室門口。

她這樣隨意的站着，但全身彷彿充滿陽光，照得人心也暖和起來。

「麻煩你，廖老師，不會阻你很久！」藍敏再道。

廖老師眉頭一緊，轉頭向大家道：「你們先填好目錄吧！」

她果真走出課室。

大家開始竊竊私語。依妮的心跳得很厲害，她也不知道為何這樣緊張。

廖老師回來了。

「劉依妮！你跟藍敏出去吧。」

依妮怔了一怔，然後站起來。

「是現在出去嗎？」她聲音震顫的問道。

「對呀！」廖老師回道。

依妮站起來，急急的朝門口走出去，生怕廖老師忽然改變主意。

「我們要加快腳步了，否則便找不到座位！」

依妮一踏出課室，藍敏便拉着她走。

「多謝你！」依妮禁不住道。

「多謝我什麼呢？是我想跟你吃午飯，你賞面到來，該我謝你才是呀！」

＊　　　　＊　　　　＊

在快餐店吃過午飯後，藍敏偕依妮到附近的公園散步。

「以前，我住在這個屋邨的第四座，就在街市那邊。」藍敏道，「我父母在離島工作，我自小便跟外婆一起住。她照顧我的起居飲食，無微不至。她在生時常常說，她一定要活到八十歲，看到我拍拖、結婚、生子，她便可以安心離去。但是，她未到七十歲便死了。」

藍敏凝望着白茫茫的天空，慢慢掀起一頁痛苦的回憶。

「那個早上，她忽然在睡房暈倒。『嘭』的一聲，嚇了我一大跳。我衝進去時，只見她已躺在地上，額角也撞破了。我急忙找鄰居幫忙，送她去醫院。

103

「醫生斷定她是中風，半邊身子會癱瘓。後來她醒轉過來，記憶力大減，什麼人也認不出，但仍認得我。我還以為她沒事了，會逐漸康復。怎知，兩個星期後，醫院來電說她情況突然轉壞，要我立即到醫院去。

「待我到達時，見她已戴上呼吸器，但仍大口大口的喘着氣，瘦小的身體不停抖顫。我父母那時仍未趕到，結果只有我陪伴她咽下最後一口氣。當我看見護士為她拿掉呼吸器時，我覺得我也同時死了，身邊的人及一切事物都無關重要。直到現在，我仍然清楚記得那種想死卻又死不掉的感覺。」

聽了藍敏的話，依妮打了個寒噤。

一個可怕的映象忽然攝進她腦海裏。

是一塊人臉──她爸爸的遺容。

依妮雖然不能在父親臨死前見他一面，但他的遺容，則令她永世難忘。

父親是淹死的。浮腫的臉容配上生硬的化妝，令他變得像電影中的殭屍，令人毛骨悚然。

爸爸生前可不是這個樣子的。

「外婆死後的一個月，我每天都哭。早上一張開眼睛，那份失落、孤獨感覺便不斷侵襲過來，逼得我要窒息。從

淋上爬起來了，看見周圍每一件東西，都教我想起外婆。

「那時，我是完全控制不了我自己的情緒。在任何環境，任何情況下都會哭。

「一次，我在早會開始了沒多久便哭起來。剛巧有一位輔導老師經過，便把我帶到輔導室去傾談。她就是我的救命恩人。」

「救命恩人？」

「是呀。就是她教曉我如何去接受外婆的死。」

藍敏沉默了。兩人靜靜的坐着，前面一羣低年班同班正互相追逐，玩得興高采烈。

半晌，藍敏又道：「你是怎樣看待死亡的？」

「我極之討厭它！因為是它令我和爸爸永遠分離的。」依妮咬牙道。

「我以前也是這樣想。但後來，我逐漸接受這事實──死亡只是一個自然定律。它是要把人帶到另一個境界。外婆死時已六十九歲，勞碌一生，也該到天國享福了。她在世時，常常照顧別人，關心別人，我堅信她在天國一定生活得很快樂。雖然我不可能再見到她，再嘗嘗她煮的餸菜，再向她撒嬌，但，她在我心中仍然活着。」藍敏淡笑道：「人的肉體在世上的存在是有限的，但在人的思念裏卻是

永恆的。」

　　依妮歎了口氣，呆呆地望着前面說：「但思念死去的人是很痛苦的。我不要只是想着他，我要跟他一起生活，我想他永遠跟我在一起……」

　　「依妮，讓我給你看些東西。」

　　藍敏從衣袋裏掏出錢包，內裏有一個透明膠套，放着數張相片，仔細一看，所有相片都是剪貼過的。

「這個就是我的外婆。」

藍敏指着相片中的老婦人。這老婦人的身影明顯地是貼上去的。

「中一學期尾，我取了學業進步獎和服務獎。以前，我每次領獎，外婆必定到來觀看，但那次頒獎，她已不在了。於是，我在頒獎禮後單獨拍了一張照片，然後在舊相片中剪下外婆的身影貼上去。每次看着這張相片，便感覺到外婆與我同在了。」

藍敏翻到第二張相片，是在一個婚禮上攝的。

「這個是我四姨。」藍敏指着相片中明艷照人的新娘道：「如果外婆在場，看見四姨這樣漂亮，一定十分高興。因此我選了這張外婆笑得最燦爛的相片貼上去，雖然衣着似乎簡單了點，但也不要緊。」

藍敏頓了一頓，續道：「外人可能會覺得我只是自欺欺人，但，這樣做，令我覺得外婆的生命仍是延續着，她仍然在我身邊，與我一起生活，分享我的喜樂。」

「但是我自從爸爸死了以後，已經不知道什麼是快樂了。我根本沒有什麼喜樂可與他分享。」依妮固執的道。

「我想，並非沒有值得令你喜樂的事情，只是，你太沉醉在憂傷中，以致你看見的所有事物都是灰色的。」藍

敏歎道：「如果你爸爸看見你這樣，他會很擔心。」

依妮沉默不語了。

「那時，我就是這樣想：如果外婆見到我愁眉苦臉，她就會擔心。就算她上了天堂，也不能盡情去享受福樂。所以，為了她，我一定要振作──」

「藍敏姐姐！藍敏姐姐！」一班中一學生忽然閃了出來，圍着藍敏。

「她們是我的小妹妹！」藍敏轉向依妮道。

「藍敏姐姐，你一會兒會去聯歡會嗎？」她們問道。

「會，當然會！」藍敏笑道：「對不起，我現在有點事情要跟這位同學談，一會兒在聯歡會見吧！」藍敏拍拍她們的肩頭。

依妮聽了她們的對話，心裏很感動。原來藍敏是如此重視她的。

待她們離去後，藍敏對依妮道：「今天放學後，在一二一室有個大姐姐聯歡會，所有大姐姐小妹妹都歡迎參加。你也來吧！」

「好呀，我一定會去。」依妮微笑回道。

　　　　＊　　　　　　＊　　　　　　＊

三個月後，學校舉行聖誕聯歡。

　　早上，藍敏回到學校，如常的往「大姐姐信箱」取信。一大疊信件裏，有一張便條，是以很工整的字體寫在一個淺藍色的信封上。

藍敏姐姐：

　　今天我想跟你見面，請在聖誕聯歡會後，到聖母像旁等我。

依妮

　　因為大家都要準備期中考試，依妮已近一個月沒有找藍敏傾談了。

　　「該不會又情緒低落吧？」藍敏在心裏道。

　　學校的聯歡會在十二時完結。

　　藍敏站在聖母像旁，看着一批批同學興高采烈的離去。

　　十二時二十分了，依妮仍未見蹤影。

　　難道發生了什麼事？

　　正當藍敏擔心着她，依妮便出現了。

　　「對不起，藍敏姐姐，我剛才和同學一起計算聯歡會支出，以致遲到了！我還擔心你會不等我！」

　　「當然不會！我可曾試過失約呢？」藍敏反問道。

依妮笑笑，拉着藍敏的手，走到小花園一角。

「我先給你看些東西！」

依妮從書包裏取出幾張相片。

「這張是我在陸運會領初級組跳遠銀牌時攝的。這張是領隊際接力賽金牌時攝的。」依妮指指貼在相片上的一個中年男子。「這個就是我爸爸了。他並不算英俊，但笑容很親切，是嗎？」

「是呀。你倆的笑容一模一樣的，一望而知是父女。」

依妮又翻到另一張。

「這張是秋季旅行時攝的。中一級去大嶼山，我爸爸從未去過那兒，所以我帶他一起去。在我身邊的幾個是我的同班同學兼『死黨＊』。我們是志同道合的，既喜歡打籃球，又愛看書，連成績也是差不多！」

依妮翻到最後一張。

「咦！這張是我和你在大姐姐聯歡會上攝的，對嗎？」藍敏問道。

「對呀！我把爸爸的相片貼在我們旁邊，因為我想他知道，我最好的朋友是誰。」依妮回道。

＊死黨：粵語方言，指最好的朋友。

「多謝你！」藍敏笑道。

「該是我多謝你才是。」依妮由衷的道。

藍敏想了一想，道：「唔，我忽然有個主意！」

「是什麼？」

「我想跟你爸爸打個招呼。」

「打招呼？」依妮驚訝的道。

「是呀。以前我也是用這個方法向外婆問好的。」藍敏神秘的道。

「什麼方法？」

「你在這兒等我一會兒，我要去找些用具。」藍敏説完，便往課室的方向跑過去。回來時，一手扯着數個五彩繽紛的氫氣球，另一隻手拿着兩張心意卡。

「這兩張心意卡是上版畫堂時做的，不錯吧？」藍敏給她看看手上的兩張卡，上有 LOVE 字樣，旁邊有些別致的圖案。

「這幾個氫氣球是從課室的聖誕布置中拆出來的！」

「要氫氣球來幹什麼呀？」依妮好奇問道。

「一會兒你便知道。」藍敏道，「現在讓我們先寫好這兩張心意卡！」

「我們？」

「是。你也跟我外婆打個招呼吧。」

「好啊！」

　　兩人興致勃勃的開始寫起來。雖然是寫給一個素未謀面，亦沒有可能相見的人，但奇怪的是，兩人都有許多話要跟他或她説。

　　心意卡終於寫好了，藍敏把卡分別放在兩個信封裏，縛在氫氣球的線末。

　　「現在讓我們誠心祈求，希望這兩封信能飄到我們思

念的人的手中。」

　　祈禱過後，藍敏便放開手，兩人目送着一串氫氣球往上飄，越飄越高，越飄越遠，直至它們消失在視線範圍裏。

　　離開學校，往巴士站途中，依妮忽問道：「藍敏姐姐，有一個問題，我一直都很想問你。」

　　「你儘管問吧！」

　　「在我們第一次約去吃午飯那天，廖老師發惡要我們全班在午膳時間留在課室，究竟你跟她說了些什麼，令她可以放我走呢？」

　　藍敏抿嘴笑起來，回道：「我對她說：『我想實習你教我的東西。』她便立刻答應了。」

　　「她教你的東西？我不明白啊！」依妮一臉疑惑。

　　「我曾經跟你說過，我是被一位老師輔導過才可接受外婆逝世的事實，但我並沒有告訴你，那位老師是誰。」

　　依妮想了一想，面上掠過一陣驚訝，問道：「難道——難道是廖老師？」

　　藍敏點了點頭。「很多同學都覺得她惡得過分，所以不大喜歡她。但，嚴師出高徒，她對我們要求高，出發點是好的。其實，她以前擔任輔導老師時，幫過不少同學，我就是其中一個了。最難得的是她有很豐富的人生經驗，

也不介意和我們分享。她媽媽在五年前因癌病逝世，她知道那種傷痛有多深，亦絕對能夠明白我們的感受。」

「若不是你説，我猜也猜不到廖老師也有失去親人的經歷。」

「其實，每個人都有痛苦的經歷。但一切傷痛都會過去的，如果你肯讓『它』離去。」

依妮點點頭，兩個小笑渦旋了出來。她一仰頭，只見藍天無限，入冬罕有的溫暖陽光照得她的心也暖和起來。

天堂究竟有沒有賽馬呢？這問題已不再重要。依妮知道，爸爸若見到她生活得這樣快樂，他該會滿足了。

生活故事篇

遇上劉備的暑期工

1. 初遇劉備

「小姐！可否幫我一個忙？」

我把手上的書放下，一轉身，便看見了他。

那一刻，我才相信，世界上真的有白馬王子。

「幫我一個忙？我想你幫一個忙……」我傻傻地道。

糟了！面對白馬王子説的第一句話，竟然語無倫次！我究竟在做什麼？

「我……對不起！有什麼可以幫你？」我抖擻起來。

他顯然完全不介意，微微一笑再問，露出雪白整齊的牙齒。「我想找一本書，書名是《差0.1秒便愛上你》，作者是真愛，出版社——好像叫做『愛的世界』或是『愛的宇宙』。」

嘩！大清早便這麼多「愛」襲來，教人怎樣吃得消？

「那本書是一、兩年前出版的。請問你們有沒有存貨呢？」他的談吐和態度絕對有資格奪取「最有禮貌顧客獎」。

「我替你找一找吧！」我當然極度樂於幫助他。

我在流行小說的架上嘗試去找，不遂，再在書櫃裏找，還是沒有，只好請同事翻查記錄，才知此書早已售罄。

「幾乎全線都斷市，只有東涌分店尚餘一本！」同事兼表兄阿東看着電腦的記錄道。

「太好了！麻煩你致電去替我留住它，我今天會去買！」他雀躍地道。

　　嘎？他會為了一本不太聞名的愛情小說而專程由將軍澳趕往東涌？

　　看他手挽公事包，一身白領裝束，橫看豎看也不似是無業遊民。

　　這本書對他來説，真的那麼重要？

　　「先生，可否給我你的姓名和電話？我會請東涌的同事替你留着那本書。」阿東跟他道。

　　「好。麻煩你了。我叫劉備。」他回道。

　　阿東笑得口水也噴了出來。真失禮！

　　「對……對不起！你的電話號碼呢？」阿東好不容易才忍住了笑，連忙道歉。

　　劉備把電話號碼告訴了他，並道：「第一次聽到我名字的人，都有這樣的反應。沒錯！《三國演義》是我爸爸最愛的名著。他説，自己沒可能改名，就給兒子改名『劉備』吧！我爸爸跟書裏的劉備一樣，都是賣鞋的！」

　　「是嗎？哈哈……」阿東放膽地笑了幾聲，把剛才困在肚裏的笑也釋放出來。

　　這個劉備，不單止長得高大兼且帥，人還彬彬有禮及非常健談，簡直是完美的化身。

　　我看着他逐漸遠去的背影，竟有不捨的感覺。

「喂，妹豬！我有他的電話號碼啊！你要嗎？」阿東輕拍了我一記，笑問。

「我的心想要，但我的腦會說：『絕對不行！』」

最終，還是理智「戰勝」了感情。

「你當然不能要！今天是你第三天上班，你不想做三天便丟掉這份上佳的暑期工吧！」阿東道。

「我說過很多次，這不是暑期工。我當這份是正職啊！我會一直做下去。」我糾正他道。

「正職？不是吧！你是讀書的料子，成績又不過不失，中五畢業便嚷着不讀書？這不是太浪費嗎？」阿東蹙眉道。

「我已讀了十四年書，考了廿多個試！我已非常疲倦了。我已決定，接下來的十四年，什麼都可以做，除了考試！」我非常堅決地道。

「但姨媽只有你一個女兒！我知道她一直很希望家裏能出一個大學生，光宗耀祖。你不再讀書，不是辜負了她的期望嗎？你有跟她商量過不再讀書的事嗎？」阿東問。

「我只是在接下來的十四年不想再考試，我沒說過不會讀書！」

「若要做大學生，不考試又怎能呢？你還是跟姨媽商量一下才決定吧！」阿東道。

「我已十七歲，自己可以作決定！」我依然堅持。

「你們的『人大會議』開完沒有？現在可以正式開工嗎？」書店經理招小姐不知什麼時候站在我倆後面。

「我們只是聊幾句罷了。」我咕嚕道。

「現在是辦公時間。如果你要聊天，七時你們下班後可開始談，談至斷氣我也不在乎，但記着要請家人致電回來請假！清楚沒有？」招小姐板起面孔道。

我呆了半晌，吃驚地看着她。

這個招小姐，比我以前遇過的所有訓導老師還要兇，説話還要刻薄百倍！

我心裏百分百想還擊，但倘若我果真反駁她，這份工作必定就此丟掉，我如何向媽媽交代呢？

在家裏當慣「大小姐」，萬千寵愛在一身的我，此刻只能咬着牙，拚命忍耐着。

「清楚沒有？」招小姐誓要得到一個圓滿的答覆。

「清楚！」我垂着頭回道。

什麼叫忍辱負重，我終於明白了。

2. 老婆婆和小男孩

「還有——」招小姐翹起一邊嘴角，冷冷笑道：「你做事認真一點吧！你連名牌也不懂扣嗎？」

我趕忙看看身上的職員名牌。唉——我居然倒轉了來扣！

糟了！剛才劉備跟我說話的短短幾分鐘內，有否留意到我這個小錯誤呢？

唉唉——說話語無倫次兼扣錯名牌，他對我的第一印象一定大打折扣。怪不得他一直微笑相向，實則是在嘲笑我吧？

「小姐，麻煩你！」

在我低頭解開名牌時，又有客人向我求助了。

我一抬頭，便見到一個滿頭銀絲的婆婆帶着一個約十一、二歲的男孩子走上前來。

「我想找這幾本書，你可否幫幫忙呢？」她那隻青筋突突的手，遞上一張書單。

我飛快地看了一眼，全是初中的英文書、文法練習及字典。

「當然可以！請跟我來這邊。」我有禮地回了她。

　　我在教科書架上轉了一圈，不消兩分鐘便把書單上的七、八本書集齊，不禁要為自己的「專業表現」感到驕傲。

　　「謝謝你！」婆婆回道。跟他同來的男孩子，想是她的孫子吧，立刻把書接過，伴着她走到收銀處。

＊　　　　　＊　　　　　＊

　　接下來的兩天，我都是在平淡中度過。

　　招小姐要我點貨，我便點貨。她要我到書架『執書＊』，我便去『執書』。（雖然媽媽常說：「執書行頭，慘過敗家。」）她說辦公時間不能跟同事傾談，我便由早到晚啞巴似的，甚至回到家裏也不大說話。

　　媽媽問我是否患了「工餘抑鬱症」或「少年期突發自閉症」，我說不是。媽媽又問我是否工作不愉快，我還是說不是。

　　記得當我告訴媽媽，我覓得一份書店工作，媽媽的反應是：「嗄？你每次拿起書本都愁眉苦臉，還要去書店工作？」

　　其實，我並非討厭書之人。

　　我也知道培養閱讀習慣的好處，但知易行難。

＊執書：粵語方言，指整理圖書。

　　讀書時，每到長假期前幾天，中文老師例必要求我們做一、兩個閱讀報告，而且硬性規定要是學校書單上的作者。而這些作者，全都可以當我的祖父母，甚至曾祖父母。老師或許願意對他們「愛多八十年」，但，要我因為他們而愛上閱讀，是否有點難為了我？我的所思所想，他們可會知道？

　　教科書上課文的作者都已是古人，為何假期課外讀物的作者依然要是故人？難道老師歧視「生人」？「生人」寫的書永遠不及故人？

　　執拾架上的書本時，我會順便看看書名和封面。《滿室幸福的香味》、《奇幻甜甜圈》、《紫雨灑在我身上》……書本的色、香、味像一隻隻無形的手，不停向我招着。

　　結果，上班不夠六天，還未取得第一個月的薪金，我便以員工價買了六本書。

　　對我購書這件事，媽媽居然沒有任何讚賞，只是嘲笑我：「貼錢打工！」

　　我不以為然，自顧自沉醉於書香世界裏。

　　　　＊　　　　　　＊　　　　　　＊

　　在我上班的第七天……

　　一回到書店，招小姐便叫我把一包新書放上架。我打

開一看，那疊書竟然是當天劉備問及的那位作家──真愛的新書！

我握着這本散發着濃濃紙香的書，心裏想：劉備可知道真愛有新作面世呢？他可會來書店購買呢？

我輕撫書面那燙了金的書名──《難道你想當永遠的暗戀者？》，心裏怦怦狂跳起來。

當坐在詢問處的阿東站起來往洗手間的時候，我一個箭步走到詢問處，在櫃枱上找到阿東常用的一本備忘簿，翻了幾翻，便找到劉備的手提電話號碼。

我深呼吸了一下，拿起旁邊的電話。怎料，手一滑，電話「啪」的一聲掉到櫃枱。

我慌忙望望站在收銀處的招小姐，她正跟客人談話，沒空留意我。

我拿起電話，趁我殘餘丁點勇氣時飛快撥了劉備的電話。

「喂？」

是他悅耳非凡的聲音。

單是聽到他的聲音，我便興奮得差點尖叫。

「請問是劉備先生嗎？」我拚命壓抑着高漲的情緒。

3. 十二歲的作家

「我是。請問是哪一位？」

「我是漢月書店的李小姐。上次你來書店找真愛的書，請問是否已在東涌那分店買到呢？」我問。

「我已買到了。謝謝！」

「那就好了！今天，書店來了真愛的新作《難道你想當永遠的暗戀者？》，不知道你有否有興趣購買呢？我見來貨不算太多，若你有需要的話，我可以替你留一本。」

「是嗎？那麻煩你了！」劉備語調輕快地道，「我會盡快來買的了！」

「好。謝謝你！」

我放下電話，雀躍之情差點全傾出來。

由那一分鐘開始，我便期待着他再次步入書店，找我協助去找那本書。

我有點心不在焉，以致替書本打價錢時打到別的書上去。幸而在出錯後及時醒覺，縮着頭，彎着腰靜靜把錯貼的價錢刮出來。

「姐姐！」

是男孩子的聲音啊！是劉備嗎？他可以那麼快便趕到

來？

我一抬頭，嗄？不是呢！矮了一大截的。

我茫然若失的看看他。他甜甜笑了一笑，問道：「姐姐，我想請問你，《少年屠龍者傑西》出版了沒有？」

我認得他了。上次，他偕同婆婆來買了一疊英文書的。

「若是兒童書，你要去兒童圖書部呢！」我偷偷捏了自己一把，要把自己捏醒，回復工作狀態。

「那是小説，並非兒童圖書！」他道。

「是嗎？你跟我來這邊吧！」

「可否給我作者和出版社名字？」我問。

「好。作者是莫于淇，出版社是晨光。」他爽快回道。

兩個都是陌生的名字。

我帶着他在新書書架及青少年書架看過，都沒有。

「我替你查查電腦記錄吧！」我提議。

「不用了！我改天再來吧！」男孩微笑着擺擺手，轉頭便走了。

當天近黃昏時，我收到運輸工人送來的一包書。一撕開包裝紙，便看見書名《少年屠龍者傑西》！

書封面的一行字，吸引了我的注意——十二歲男孩的第一部著作！

我大吃一驚，心想：難道這是他寫的書？

我急急揭到摺頁的作者介紹，上面印有這位小作者的照片。

果然是他！

我飛快地往下看。

「我叫莫于淇，在飛星國際學校讀書，自小由祖母教授中文，並培養了閱讀中文書的興趣。自五歲看過安徒生音樂劇，便定下我人生的第一個目標——我要當作家。十一歲時終於在祖母幫助下完成第一部小說，並由她資助，達成心願。所以，我要把這本書獻給我的祖母……」

五歲便定立人生的目標？

十七歲的我，除了小時候被逼寫過一、兩篇我的志願，便沒有為將來想過。

我的人生目標？不外乎有穩定的工作和將來「嫁得好」。穩定的工作，現在已算是有了。同學都說我幸運，考完會考沒多久便立刻找到這份可以日日沐浴在書香裏的工作。我沒有告訴他們，其實是阿東作我的介紹人，我才可以在眾多申請人中脫穎而出。雖說我也喜歡書，但，若你問我：當書店店員是否我的志願，我會猶豫。

在這個炎夏的某一天，我拿着這本十二歲小朋友寫的

書，開始思考自己的人生。

＊　　　　＊　　　　＊

當天下班回家，媽媽竟遞給我一本會考生輔導指南。

「你有空致電去熱線，跟那些社工談談吧！快放榜了，倘若成績不好，升不上中六，就重讀吧。若要轉校，都可以，總之是好的、純樸的學校便行了，地區遠一點都不是問題，不用替我慳車費！我還可以在聚眾樓多做十年八年，自己又有積蓄，錢方面不用擔心。你今天就致電去熱線吧，早點計劃一下，免得到時手忙腳亂！」媽媽嘩啦嘩啦說了一大堆，說完便走進廚房忙她的。

我拿着這本輔導指南揭了幾下，眼前盡是會考生出路圖、各日夜校收生資料……全都在提醒？我——我是個會考生，還有個多月便會收到人生第一個公開試的成績單。儘管我表面不太着緊，我還是渴望知道我苦讀十多年的成果。如果成績未如理想，我可以理直氣壯地跟媽媽說：「我不是讀書的料子，還是繼續工作吧！」但倘若成績好，又如何呢？

相信沒有考生會因為不想再面對考試而期望自己成績差，升學無望吧？

「樓上伍太的兒子阿生剛大學畢業，便找到一份投資

128

公司的工作，月入過萬呢！哈，那個阿生自小便頑皮到不得了，離家出走、打人都試過，但伍太四個兒子就只有他一個可以上大學。哈哈！她自己也説大跌眼鏡⋯⋯」媽媽的大嗓門在沙沙沙的炒菜聲當中非常突出，字字句句都成功鑽進我耳裏，令我的思緒起伏不定。

4. 再遇劉備

與母親相依十多載，她的爽直、樂觀、堅毅一直影響着我。她竭力令這個單親家庭洋溢着歡樂和希望，亦成功地令我從不為沒有爸爸而感自卑或自憐。雖然只有我這一個女兒，她從不苛求我有頂級成績或十八般武藝。她的基本要求是我年年升班，尊師重道。評語如「成績平穩上進」或「勇於服務、有責任心」已令她樂上好一段時間。

近這一、兩年，她則經常有意無意，直接及間接地道出「希望我讀大學」這心願，就連親戚也統統知道了。

雖然媽媽沒有強烈地作出明確的指示，但多番吐露心意，已不多不少對我造成點點無形的壓力。

我該怎樣做呢？

＊　　　　　　＊　　　　　　＊

翌日下午，我獨個兒在書店附近的快餐店用膳。在我百無聊賴地吸着可樂時，竟看見了劉備！

他一手捧着托盤，一手挽着公事包，在餐桌間穿梭，尋找地方「降落」。我想也不想，站起來向他揮揮手。人太多了，他看不見我。

眼看他走遠了，我急叫起來，高聲喚他道：「劉備！這邊有位呀！」

話剛出口，我便後悔了。

一陣刺耳的笑聲在整個快餐店爆起。男女老嫩的食客，聽到這個家傳戶曉的名字，不是掩嘴而笑，便是笑得人仰馬翻。

「劉備來『麥記』吃什麼呢？將軍漢堡？」坐在我耳旁的男孩笑問他的同學。

我難為情地坐下來，垂下頭，兩手托着火紅滾燙的腮。

「剛才是你叫我嗎？」劉備走近來，把托盤放下，若無其事地坐到我面前。

我的白馬王子就在在我前面了！這不是我夢寐以求的嗎？

「是……是我啊！對……不起！」我口吃似地回道，抬起眼瞧瞧他。

　　他瞇起眼睛朝我笑笑，似乎毫不介意。他打開漢堡包的包裝紙，開始開懷大嚼起來。

　　「不要緊！我早已習慣了！」他邊吃邊跟我談，包上的白汁沾到他唇上了。但在我眼裏，他還是近乎完美。

　　「小五時，老師在課上講《三國演義》，一說到劉備，全班便哄笑起來。有同學還說我是他的偶像，要找我簽名！

「我還記得，去取身分證及護照時，職員一叫：『劉備，二號窗！』寂靜的大堂旋即掀起一陣又一陣的笑聲，久久不散。

「小時，我曾想過長大後去改名，但現在長大了，已完全適應，不覺得是什麼一回事。」

他匆匆把包吃畢，用紙巾抹抹嘴，終於抹掉唇上的白汁。

啊──他又回復一副完美的樣子。

「你呢？我連你的名字也不知道呢！」他竟然逗我說話。」

「我叫李佩瓊。」

李佩瓊。真是一個平凡、俗氣的名字。若在網上搜尋，全港肯定有幾百個甚至過千個「李佩瓊」。

要改名的該是我。

「很好聽的一個名字，而且正常！」他由衷的說話，令我十分舒服。

「什麼時候來書店買那本《難道你想當永遠的暗戀者？》呢？今天我查看過，只剩下三、四本！」我還是跟他談「公事」。

「我這幾天較忙。下星期吧！下星期我一定來。麻煩

你替我留一本！」他把汽水一飲而盡，道：「我有事先走了。再見！」

劉備拿起托盤，把紙杯紙巾等往垃圾箱一送，動作瀟灑之極。

由那天開始，我便期待着劉備的到來。

但，他一直沒有來。來的是莫于琪。

＊　　　　　＊　　　　　＊

這個星期六下午，書店展覽廳有一個活動。

晨光出版社為幾位新晉作家舉行座談會及簽名會，其中一位作家是莫于琪。

我在展覽廳幫忙布置的工作。當我把莫于琪的新書介紹海報貼在牆上時，心裏竟有點興奮的感覺。

畢竟，他是一個我「認識」的作家！

下午一時五十分，離座談會只有十分鐘。出版社負責人帶同三位作家到場。

沒有莫于琪的蹤影。

難道他怯場？

座談會快開始了，觀眾魚貫入場。招小姐也走進展覽廳幫忙打點。

二時正，展覽廳的門關上了，座談會正式開始。從落

地玻璃門望進去，我可以看到出版社負責人在介紹幾位作家，然後是作家逐一發言。

「阿瓊！過來幫忙添貨吧！順便執拾那邊的圖書閣。」阿東在喚我了。

我在兒童圖書部執拾時，竟找到莫于淇的作品《少年屠龍者傑西》。還記得他說過，他的書是青少年小說，並非兒童圖書。不知道是哪位同事把他的書誤放在這兒。我執拾過書架後，便把他的書搬往青少年讀物部。

「姐姐！姐姐！展覽廳在哪兒呀？」

5. 夢醒，再出發

是莫于淇的聲音呢！

我一轉頭便見他站在我前面，喘着氣，渾身是汗。

「怎麼你滿頭大汗的！先抹抹汗，休息一下，才進展覽廳吧！我去替你倒杯水！」

我給他一包紙巾，又到水機倒了兩杯水給他。

「這樣重要的約會，你也遲到？」我問他。

莫于淇把兩杯水倒進口裏，才回道：「我沒有忘記。兩星期前已知道有座談會，我已第一時間寫在記事簿和日

曆上。不過，今早有事發生了──」

「你是莫于淇，對嗎？」招小姐忽然在我們身邊出現，捉着莫于淇問道。

「對。」他回道。

「馬小姐正等着你！請你立刻進去吧！」招小姐拉着他走。

我想也不想，也跟着走進展覽廳。

「這位便是我們的小作家莫于淇了，請大家給他一點掌聲！」出版社負責人馬小姐一看見莫于淇，如釋重負。

我走到觀眾席的最後一排，坐下來。

「莫于淇，可否介紹一下自己，並講述一下何以小小年紀便想到出書呢？」馬小姐問他。

莫于淇拿着咪高峯，沉思了一下，從容不迫地道：「我叫莫于淇，今年十二歲。我自小在國際學校讀書，三歲時開始跟祖母同住，由她教授中文。她每天都跟我説許多故事，並教我唸詩和用中文寫作。五歲那年，祖母帶我去看一齣講述安徒生生平故事的音樂劇，激發我的創作意慾，令我下定決心要成為一個作家。祖母知道了，非常高興。她告訴我，她也有一個心願，便是進修英文，希望將來可以考入大學，讀她最喜愛的文學。由那時開始，我便替祖

母補習英文，而她則協助我寫中文小説。

「在我十二歲生日那天，我終於寫完了，而祖母亦努力替我找出版社出書。

「這個月初，我收到出版社送來的樣書，興奮得幾晚也睡不着。後來馬小姐説會為我和幾位作者舉行座談會，我便第一時間和祖母商量講辭。不過——」莫于淇説到這兒，眼眶一紅。他咬咬牙，續了下去：「不過，今早，祖母替我弄完早餐，便説要再上牀休息。然後，我……發覺她起不了牀。我立刻召救護車來，把她送去醫院。

「這個早上，我便待在醫院裏，直至主診醫生告訴我，祖母中風了，右邊身有可能會癱瘓，但暫時沒有性命危險。我到她牀邊看了她一會兒，才記起出席座談會，便立刻趕來書店。」

「我出書的心願已由祖母協助達成了。我很希望能夠幫祖母達成她的心願——考入大學讀文學。縱使現在會更困難，但我相信祖母不會輕言放棄！」

莫于淇説的時候，全場鴉雀無聲，説畢，台下立刻掌聲如雷。我更站起來鼓掌，以示鼓勵。

座談會後，便是簽名會。我待所有讀者都離場了，才拿着莫于淇的書，走到他跟前，道：「莫先生，替我簽個

名吧！」

「嗄？姐姐，你也有興趣看我的書？」他笑問。

「是呀。你和你祖母的故事，幫助我作了一個重大的決定。我亦很想看看你這個小學生寫的十萬字小說有多精彩。」我回道。

「謝謝你！」莫于淇在書上簽了名，雙手把書遞上。

「我也要謝你呢！」我由衷地道。「請替我問候你祖母，希望她早日康復！」

　　會考放榜前一天，亦是我在書店工作的最後一天。臨下班時，阿東走了過來。

　　「阿瓊！我媽媽託我給你的！」他把一個紅封包交給我。

　　「今天又不是我生日，給我紅封包做什麼？」我不解。

　　「我媽媽説，希望你明天有好成績，可以升中六。快收起它吧！」阿東把紅封包塞進我手裏。

　　「我今晚會致電去謝她。」我道。

　　「現在的心情怎樣？緊張嗎？」阿東問我。

　　我聳聳肩道。「我已盡全力了。夠分的話，多數會留在原校讀中六。若不，才會考慮其他學校。」

　　「克服了『考試恐懼症』了嗎？」阿東打趣問道。

　　「我想通了。」我一臉正經地回道：「人生有無數個考試。在學校應付的考試，比起將來人生路上要面對的考試，已算是簡單了。況且，讀書的機會並非人人都有。既然機會就在面前，便要好好掌握。」

　　「嘩！真高深啊！不愧為讀書人。」阿東搖搖頭，走開了。

　　在書店關門前兩分鐘，一個我很想見的人踏進書店了。今次，他並非獨自前來。

「小姐！」

劉備親切地跟我打招呼。

我向他點頭微笑。在他身邊站着的，是個皮膚雪白，漂亮得像模特兒的女孩子。

「小姐，你是否替我留着真愛的那本新書呢？」

只會叫我小姐，是早已忘記了我的名字吧？

「對呀！你等一等！」我在流行書的書櫃裏取出那本《難道你想當永遠的暗戀者？》。

「只賣剩一本呢！」我把書交給他。

「麻煩你了！」劉備擁着女孩子的肩，道：「若買不到，她又會大發脾氣了。她很難待候的！」

女孩子大發嬌嗔的打了他一記。

「下次有真愛的書，記着替我留一本！」

我不發一言，目送着劉備和女孩十指緊扣地步往收銀處。

阿東已走到書店大門，準備關閘。

我的暑期工正式結束了。

明天便是放榜日。今晚要早點休息，明早要精神奕奕地迎接這人生第一張公開考試成績單。

作者補誌：

這是數年前替《明報‧明 teen》撰寫的小說。

李佩瓊和莫于淇兩個角色，源自我的兩個讀者。那時，跟我經常通電郵的讀者是 June 和澤銘。

June 考完會考便開始做暑期工。讀女校的她甚少接觸異性，卻在工作間遇上了心目中的白馬王子。不敢告訴家人朋友，她選擇向我這素未謀面的作者傾訴心事。除了少女戀愛心事，她亦跟我討論對會考成績的擔憂和前途問題。澤銘自小五開始跟我頻密通信。十一歲的他，非常喜愛閱讀我的書，還說自己也在寫小說，計劃出書。半年後，他升上小六，他的處男作亦面世了。他用自己十一年的利是錢自資出版這本十一萬字的小說，報章、電台，甚至電視台都爭相跟他做訪問。

當我在報章看到他在訪問中說最喜歡的作家是君比，相片中的他還擁着我的一大疊書拍照時，我就想：不如寫一下他吧！

就這樣，我讓兩名互不認識的讀者在故事中「見面」，以生命影響生命。

小作家莫于淇表達了他對創作的熱誠，並以驚人的毅力完成了首本著作，在十二歲達成自定的目標。李佩瓊暗戀夢碎，亦因聽了莫于淇的分享而反思自己的人生。

不愛家的女孩

我是一個平凡的人，配上一個平凡的名字——惠萍。我的故事亦是普通之極。發生在我身上的事，在現今的香港，時常可以見到。但當我把我的事寫在周記裏時，老師告訴我，她看後非常感動，兼且哭了。她甚至請我在一個以「家庭」為主題的全校活動裏，向同學分享我的故事。

或許你也想聽聽我的故事。且讓我從頭說起吧。

我本有一個完整的家庭，但父母在我兩歲左右便離婚了。媽媽跟她的男朋友遠走高飛，剩下我和爸爸相依為命。

爸爸是的士司機，根本沒有時間照顧我。幸好嫲嫲搬來與我們同住，把我「湊大*」。

嫲嫲非常疼愛我。幼時我本來體弱多病，瘦得像是永遠也長不大。嫲嫲煮許多美味又有營養的食物給我吃，養得我白白胖胖，她自己則依舊瘦骨伶仃。兩人在公園走動，就像一枝竹杆叉着個大皮球。

街坊見了，都笑着跟嫲嫲道：「袁婆婆，你真疼萍萍

*湊大：粵語方言，指養育長大。

142

了，把自己的一份也全給她吃！」

嫲嫲笑笑，依舊每餐把我餵得飽飽的，彷彿要以大量的食物來補償我失去的母愛。

嫲嫲給我的愛能否替代母愛呢？我想可以吧。母愛是怎樣的？我根本不知道，因此無從比較。我只知道嫲嫲對我來說非常重要，沒有人能取代她在我心目中的地位。因此，當我的新媽媽到來時，我完全不放她在眼內。

那一年我六歲。某個晚上，大夥兒出去吃飯。全枱陌生人之中，她穿得最搶眼。全身紅光閃閃的，連一對耳環也是嬌艷的鮮紅。

吃飯後，大家散去了，她卻跟着我們回家。

下車時，她硬要拖着我。她的手冰冷無比，又濕淋淋的，令人很不舒服。我立刻甩掉她的手，回去拖嫲嫲。嫲嫲的手粗大溫暖，給我極大的安全感。

回到家裏，爸爸跟我道：「萍萍，這是你的新媽媽，以後要聽她的話呀。」

我瞧瞧這個紅閃閃的女人，由頭至腳沒有一處討我喜歡。我轉身要走，爸爸捉着我，硬要我叫她媽媽。我老不情願的喚了一聲，她便笑着過來抱我。那陣濃濁的香水味混着體臭襲過來，中人欲嘔。我狠狠把她推開。她驚愕的

瞪着我,一張嘴呆張着,可憐兮兮的。

　　我也不知道為何會一次又一次的拒絕她。或許,她與我心目中的母親形象不吻合吧。

　　我理想中的母親,是漂亮大方的,有把長長的頭髮,軟潤的雙手,輕柔的嗓子,清幽脫俗,像電視廣告裏賣化妝品的女子。如果有個這樣的母親就好了。

　　可是,爸爸找回來的這個女人,頭髮粗且硬,方臉寬額,兩顆眼睛小得像兩粒米。而且高頭大馬,比爸爸還要

高出一個頭。兩人站在一起，完全不合襯。

　　鄰居有幾個可惡的孩子，在背後叫他們做河馬和企鵝，叫我做「企鵝妹」。為此，我曾跟其中一個男孩子打架。我身材雖矮小，但孔武有力，一拳便把那男孩子打得臉上一塊瘀黑。

　　他哭喪着臉回家告狀，他媽媽便領着他來我家大吵大鬧，要求賠償湯藥費。柔順的爸爸為求息事寧人，答允賠償。但我後母卻堅持不付她分毫，並跟她理論。

　　結果怎樣，我忘了。但事後並沒有人斥責我。他們都明白，錯不在我。

　　自那事件以後，我開始對後母沒那麼抗拒。每次她逗我說話，我都理睬她。她的笑容比以前多了。與此同時，她的肚子也一天比一天大。

　　在我生日那天早上，她攬着大肚子直叫痛。爸爸和嬸嬸慌得很，七手八腳把她送進醫院。

　　那個生日可算十分難忘。一整天我們都在醫院。爸爸和嬸嬸愁眉深鎖，我問什麼，他們都不搭理。我發脾氣，嚷着要回家，爸爸被我吵得惱怒了，跳起來想打我，但沒有下手。

　　那是爸爸第一次想動手打我，那樣子兇極了。

沒多久，後母便回家，還帶了一個女嬰回來。那是我的妹妹惠貞，跟我同月同日出世。

家裏多了個成員，家人卻並不因此而興奮。各人反而收斂起笑容，後母更常躲在牀上啜泣。我把這告訴嫲嫲，她只是搖頭歎息。

是妹妹有毛病。我忽想到這。

一定是了。究竟她有什麼毛病呢？

表面上，妹妹沒什麼異樣，一樣會吃，會睡，哭起來聲如雷轟。但當我拿玩具逗她玩時，她全無反應。我才知道，她原來是盲的。

我不能想像，盲人的世界是怎樣的。那時的我，也不懂得同情妹妹、愛護她，我反而開始痛恨她。恨她令我的家變得愁雲慘霧，歡笑聲不再。恨她令全家人的注意力都集中在她身上，忽視我的存在。

我從沒試過這樣痛恨一個人，而這個人竟是我的親生妹妹。

我的痛恨積壓在心裏，無從宣泄。我漸漸變得脾氣暴躁，甚至蠻不講理。身邊的人，除了嫲嫲之外，全都惹我討厭。

我常無故大發脾氣，與人吵嘴，一天到晚都板着臉，

146

一副憤世嫉俗的樣子，彷彿所有人都冒犯了我。

我在學校的朋友越來越少，最後，連我的死黨也要跟我絕交。我成了「校園獨行俠」，天天獨來獨往，孤寂非常。

不知道是有同學投訴我的態度，還是我的班主任自己察覺到我的改變，她主動來找我傾談，問我家裏的情況。我一直守口如瓶。我覺得，告訴她也沒有用。她和我不同，沒可能了解我的心情。

在我十三歲生日那天，也是我妹妹的五歲生日，我與後母大吵了一場。

那天，我大清早便溜了出去。反正沒有人記得我的生日，我便獨個兒慶祝。

我百無聊賴地逛了一整天，晚飯前才回家。方踏進家門，便傳來一陣尖銳的喝罵聲。

「你自己說呀！天地良心！我沒有說錯！」後母指着嫲嫲，瘋子似的狂罵：「你根本不當惠貞是你的孫！你算是……」

「你幹嗎罵嫲嫲呀？」我怒道。嫲嫲是我的至愛，我絕不容許任何人欺負她。

「我罵她，不關你的事！」後母也不甘示弱。

　　我怒火沖天，真想上前去揍她一頓。這時，我瞧見站在後母身後的爸爸。矮小怯懦的他，縮在一角，垂着頭，緊閉着嘴，容許這個巴辣的女人欺凌我和嫲嫲。

　　「你以為你自己是誰？你連罵我也沒有資格呀！」我大着膽子，步步進逼。

　　「惠萍！不要這樣！」爸爸像是哀求似的道。

　　原來他是幫着後母的。

　　「我説得沒錯呀！你不是我親生媽媽，我沒有必要服從你！」看着後母的臉發青，我得意起來，衝口道：「我不稀罕你當我媽媽！只有你那盲女才會叫你做媽──」

　　後母上前摑了我一巴掌。我發狠地瞪了她一眼，然後衝出家門。我聽見爸爸苦苦叫着我，我頭也不回的跑着，在街上兜圈，兜來兜去，還是在離家不遠處。

　　我雙腿痠痛極了，真想就這樣累死，倒在路邊，什麼也不用煩。

　　我走到附近的一個籃球場，甫坐下便倒頭睡去。矇矓中聽到有人叫我的名字。

　　是爸爸。他以一貫柔弱的聲音叫着我。我一張眼便看見他，在籃球場入口處四顧尋覓，他竟然看不見我，掉頭走了。

　　自從後母來了我們家以後，爸爸便什麼也看不見，聽不到，傻包似的，全無一家之主的威嚴，連維護我和嫲嫲的勇氣也欠奉。我痛恨他的懦弱，討厭他的膽小怕事。

　　我默默看着爸爸矮小的背影遠去了。他活該受個教訓，就讓他擔憂一下吧。

　　我在籃球場睡了一晚，翌晨回家，家裏只剩下嫲嫲。爸爸和後母如常上班去。

　　嫲嫲沒有罵我，也沒有問我些什麼，只盛了碗麵給我

吃，然後說要帶妹妹去看醫生。

我獨自在吃着淡而無味的麵，環顧這個我長大的地方。

這個家沒有了我，一切如常。我的存在，了無意義。

我變得不常回家。

尖東一帶成了我晚上消磨時間的好去處。我愛在海旁觀看一對對戀人卿卿我我，成羣的男女追逐耍樂，或如我般孤寂的人獨自在散步。

偶爾會有些男孩子前來跟我搭訕，相貌不差的，我會跟他聊一會，但每當他們邀我回家過夜，我便不再理睬他們。

一晚，我在海濱公園碰到了我校的訓導老師。

「那麼晚了，還穿着校服周圍跑？！你幹什麼呀？」

我低下頭，不吭聲。

「明天請你一回到學校便來見我。」她道。

翌日，我索性逃學。到碼頭乘渡輪來來回回坐了十多遍。海風不大，但偶爾撲打到臉上、頸上，卻像雪般冰冷。

下了船，我頭痛發熱，便到碼頭附近歇息，一睡便直到傍晚。醒來時我渾身抖顫，四肢發軟。我死撐着回了家，倒在牀上便不省人事。

醒來時，後母就在眼前。她的身子俯向我，一雙小眼

晴流露關切之情。我忽然想喚她「媽媽」，但還是拚命忍着，忍得雙眼潤濕起來。

「吃些東西吧。」後母端來一碗粥，擱在我牀沿。那碗熱騰騰的粥香甜無比，至今我仍未忘記。

嫲嫲回鄉探親了，因此我發高燒臥病在牀的那幾天，都是由後母照顧我。生病時，兇悍橫蠻的我也變得柔弱溫馴。

在我的燒全退後的一晚，我與家人一起吃飯。印象中大家已很久沒有同枱吃飯。爸爸特地買了燒味回來，吃過飯後才去上班。

待妹妹上牀後，我和後母在廳裏看電視。她切了幾塊西瓜，兩人一邊吃一邊聊着，儼如一對真正的母女。

「這個西瓜也是你爸爸買的。全家只有你喜愛吃西瓜，他就買了一大個回來。他真的疼你。」後母道。

我默默的吃着，一份內疚感在心底徐徐升起。

「你生日那天，他為你和妹妹訂了個生日蛋糕，準備下午去取。怎料你大清早便溜了出去，惠貞又病了，計劃便告吹。晚上，你又發脾氣，離家而去。他通宵達旦找你，到天亮時才在籃球場發現你正熟睡，不敢喚醒你，生怕你又會跑掉，於是便守護在你身邊，直至你醒了，才急急離

去。」

「他從沒有告訴我呢！」我驚道。

後母搖頭歎道：「你根本不願意靜心聽人説話，他怎跟你説呢？」她續道：「那次我和你嫲嫲吵架，你一回來，劈頭便罵我，完全不清楚事情的因由。那天早上，你妹妹病了，我因為要上班，便叫嫲嫲帶她去看醫生。她卻只給你妹妹吃些成藥，便拋下她，自己去了打麻將。我回家時，只見你妹妹躺在牀上哭。我真的很心痛兼惱怒，才斥喝你嫲嫲，我絕非無理取鬧的人。」

「怪不得那次我跟你吵起來時，爸爸會幫你！」

「你爸爸是幫你才是！當我摑你一巴掌後，你衝出家門，他也立刻賞我一巴掌，兇兇的道：『她是我的女兒，你不能夠打她！』可是，你看不到罷了！」

我呆了許久，真難想像爸爸會為我而出手打後母。

「你有許多事情也不知道。當初你爸爸求我嫁他時，不也是為了替你找個媽媽嗎？我和你爸爸其實並不相襯，性格也截然不同。我願意嫁給他，有幾個原因。一來，我也離過婚，再婚機會算是難得。二來，你爸爸如此疼愛你，想也會是個盡責顧家的好丈夫。三來，我是因為同情你。我不忍心看見一個年紀這樣小的女孩子沒有媽媽。」

我低下頭，淚水涓涓而下。

「我很希望做你的好母親，然而，你一開始便拒絕我，令我很傷心。但我還是盡力令你改變對我的成見。當大家的關係開始轉好，惠貞便出世，一切也改變了。我花了許多時間才能接受女兒天生盲眼的事實。那段時期，我極度痛苦。我的確是疏忽了你，但請你嘗試體諒我的心情。」

幸好上天給我機會，讓我能夠與後母詳談了一夜。否則我不會知道，原來自己一直身在福中不知福。家人對我的疼愛，我竟不懂接受，反而做出無數次忤逆行為，令家

人傷心。

現在我才明白，幸福不是必然的。能擁有幸福，便要好好珍惜。那夜詳談之後，我正式稱後母為「媽媽」，也一直待她像媽媽。我對爸爸亦變得尊重、孝順。我要彌補以往所虧欠他們的。我也開始學習照顧我的妹妹惠貞，她比我更需要家人的愛與關懷。

「人要懂得接受，更該懂得施與。」如今我才真正體會這兩句話的意思。

作者補誌：

《不愛家的女孩》收錄在《Miss 愛的故事》，此書曾入選 1997-1998 度「中學生十大好書龍虎榜」。

在我還執教鞭的時候，學校為響應「國際家庭年」而舉辦了一個全校性活動。一個中六學生上台作分享，向全校學生講述了自己的遭遇。兩歲時，媽媽離家而去，七歲時爸爸續弦，娶了一個貌醜的女人，還誕下一個盲眼妹妹。少年對周遭環境和親人感不滿，驟變成叛逆少年，後來，善心的後母以德報怨，感動了她，令她決意改過。

她分享的時候，台下的我哭成淚人。活動後，徵求得她的同意，我便撰寫她的故事。讀者可以從中領會到家庭成員之間的坦誠溝通何等重要。

少女的秘密

1. 真的受夠了

外面的雨越下越大，沙啦沙啦的活像一隊人強馬壯的軍隊浩浩盪盪湧至。

「哎呀！哎呀！」

媽媽尖銳的慘叫聲穿過厚厚的牆，從她的房間傳來。

焯心的心開始抽痛，一下一下的，彷彿被打的就是她的心房。

「呀——」

媽媽又喊叫了，接着是重物摔下的聲音。砰——巨大的一聲，不知道是媽媽跌倒還是什麼掉到地上。

弟弟小方「嘩」的哭起來，妹妹小妮亦低聲啜泣。焯心只好緊緊擁着他們。

那邊廂靜了下來，只有爸爸低沉的呢喃。

「沒事了！沒事了！」印傭阿娜拿毛巾給他們抹臉。

「我們可以出去看看吧？」焯心急急站起來，衝到睡房門前。

「不！不要呀！太太吩咐過，不要讓你們出去，直至她來敲門！求求你，心心，不要開門！否則太太會怪責我！」阿娜央求道。

焯心攔在門旁的手才放下來，隔壁便傳來媽媽另一陣叫聲。

「救命呀！救命呀！呀──救命！」

「媽媽叫救命呀！阿娜，讓我去救她吧！」焯心淚水也迸了出來。

「不能！太太説過，無論怎樣也不能開門！你忘了嗎？上次你硬衝出去，你爸爸連你也──」阿娜急道。

「行了！你不用説！」焯心咬咬牙，跑出露台。

雨發狂似的下着，雨點不斷的打向焯心。

她把兩張矮凳疊高，然後爬上去。

「心心，你做什麼呀？」阿娜在後面扯着她。

「我要看看媽媽！我很擔心！」 焯心戰戰兢兢的站高，上半身挨着牆，危乎乎的側着身，一步一步移過去爸媽睡房的窗。

她緊緊扶着外牆玻璃的窗，抬起眼睛往裏望。

一看之下，她倒抽了一口氣。

血！

很多血！

褐紅的、濃濃的血，從媽媽頭上滴下來，猶如一條條沾血的蟲，徐徐爬下。她雪白的睡袍有好幾處被血沾污了，大塊、小塊的血，像一個個扭曲了的嘴，光張着口，發不出聲來。

媽媽身旁就站着呆若木雞的爸爸，怔怔的盯着被他打傷的太太。

他──他還想怎樣？光看着不理，媽媽流血過多便

會——

「媽媽……」

太驚慌了，喉頭卡着，怎也叫不出聲來！

焯心咬咬牙。

實在顧不得那麼多！焯心從凳上一躍而下，甩開阿娜死拉着的手，走出睡房，再從大門跑出去，以前所未有的速度直奔往樓下管理處。

忍受夠了！真的忍受夠了！我要救媽媽，一定要救她！

2. 說謊的原因

焯心讀小四的時候……

這天，英文老師 Miss Tung 跟同學考英文會話。

「No.34, Jenny Yuen!」

焯心恭敬的走到教師桌前坐下。

焯心的英文一向是全班最好的。她的發音準確，詞彙豐富，平日在課堂上回答問題也最踴躍。英文會話考試根本難不到她。

「Jenny, I'm going to ask you some questions.（我會問

你一些問題。）」Miss Tung 微笑着跟她道。

「OK, I'm ready!（我準備好！）」焯心回答道。

「Father's Day is coming. Will you buy your father a present?（父親節快到了，你會否為爸爸預備禮物呢？）」Miss Tung 問。

焯心怔了一怔，微垂下眼。

「Jenny, will you buy your father a present?」Miss Tung 把問題重複。

焯心眨了眨眼，搖搖頭。

Miss Tung 奇怪，再問：「Why not?（為何不？）」

「It's because … because my father is … dead!（因為我爸爸已死！）」焯心閉上眼，淚水洶湧而出。

「Oh … I'm really sorry, Jenny!」Miss Tung 沒料到焯心會有這樣的答案，心裏暗地一驚。

「Miss Tung……我……可否出去……去洗手間？」焯心噙着淚水問道。

「當然可以！當然可以！」Miss Tung 連聲道。

焯心掩臉衝出課室，全班見狀，非常愕然，尤其是焯心的知己思芊。思芊最弱的一科就是英文，焯心今早替她做了半小時的會話練習，還千叮萬囑她保持鎮定，面露笑

容。怎知到焯心自己應考時，説不了兩句便掩臉而哭。究竟是什麼回事？

「難道焯心不懂回答，所以緊張得哭起來？」

「若連她也不懂答，我們也休想合格了！」有人這樣道。

沒多久，焯心回來了，她靜靜的走到 Miss Tung 面前。

「Miss Tung, I'm ready to take the oral exam again!（我準備好再考英文會話了。）」焯心淡笑道。

「OK! I'll ask you some other questions.（我會問你其他問題。）」Miss Tung 見她臉色緩和，遂再給她一個會話考試。

下課後，Miss Tung 回到教員室，立刻從電腦中翻查焯心的學生檔案。據最新資料顯示，她爸爸該在一間公司任職項目經理。

難道她爸爸離世是最近的事？

Miss Tung 依照資料上袁先生公司的電話致電查問。

「請問袁永強先生是否仍然是貴公司員工？」Miss Tung 問。

「是。你要找他嗎？」對方問。

「啊，不用了！」Miss Tung 急道，「我是她女兒學校

的職員，想核實資料罷了。」

放下電話，Miss Tung 輕歎了口氣。

為何焯心會說自己的爸爸已死？是因為剛被爸爸責罰，懷恨在心？抑或是她跟爸爸的關係一向不好，不想談及他？

午飯後的休息時間，Miss Tung 往找焯心，把她帶到操場一角傾談。

「焯心，我想問問你，剛才你考英文會話時，為何會哭？」Miss Tung 語調平靜的問她。

焯心垂下眼，不發一言。

「是太掛念爸爸，一想起他便哭？」

Miss Tung 試着問道：「焯心，我只是想關心你。以前我只顧及那些較多紀律問題的同學，以致疏忽了你。對不起！我希望可以彌補一下！」

「其實，道歉的該是我。」焯心怯怯的道：「剛才，我說我爸爸已死，我……只是說謊。他仍與我們一起生活。」

「那麼，你說謊的原因是──」Miss Tung 把尾音拉得長長，滿以為焯心會接下去，但她依舊沉默。

「你跟你爸爸的關係怎樣？」Miss Tung 換個方式問。

焯心抬起頭，兩眼微紅。她苦笑道：「如果有『最差父女關係選舉』，我們兩父女一定大獲全勝！」

「是什麼原因導致大家關係這樣惡劣？」Miss Tung 不禁皺眉。

「因為，他由頭到尾都不像一個爸爸。」焯心幽幽的道，「人家的爸爸，晚飯後會跟子女談天、下棋、講故事或溫習功課。我的爸爸，甚少回家吃晚飯，其實，他不回來還好；一回來，便成了一個大惡魔！」

「他會怎樣對你們呢？」Miss Tung 急問。

「爸爸……他會……」

焯心雙眼紅得更厲害。

Miss Tung 遞給她一包紙巾，她還未來得及拉出紙巾，淚水已如泉湧。

Miss Tung 把她帶到操場一角的長凳，讓她哭一會兒。待她止住了淚，午飯時間亦已完結。

「明天同樣時間，我再來找你，好嗎？」Miss Tung 只好把輔導時間延至明天。

「好。」焯心輕聲回道。

3. 祝你生日快樂

焯心和妹妹小妮就讀同一所小學，放學通常會結伴回家。「咦？家姐，你雙眼有點紅呢！你給人欺負嗎？」小妮問道。焯心搖搖頭。

「你給老師責罵嗎？」她又是搖頭，「我沒事的，放心吧！你今天上課怎樣呀？」

「今天派了數學小測，我有九十八分，是全班最高分呢！」小妮興奮的道，「幸好你上星期日替我溫習，我才可以取得這分數。家姐，考試時你可不可以抽些時間替我溫習？」

「恐怕未必可以了！我自己也要為考試作準備。明年我便升小五了，我一定要考入精英班。」焯心道。

「你不能替我溫習，我便找媽媽。」小妮道。

「媽媽近來身體也不太好，你讓她多休息吧！小妮，你已經二年班了，要學懂自己溫習，不能時常依賴別人。」

「我知道了。」小妮嘟着嘴道。

媽媽最近常說盤骨痛，看了多次專科，吃了許多藥，還是沒有好轉。有時見她走路也要扶着牆，眉頭緊皺的，焯心便覺心痛。

在焯心心目中，媽媽是最好的。所有慈母的特質，她都擁有。

她實在不忍心看着媽媽受病痛煎熬。

回到家裏，已是四時多。

「你們回來了嗎？我在廚房啊！」

媽媽的聲音很愉快呢。

「媽媽，你今天沒有上班嗎？」小妮問。

「我請了半天假。」媽媽忙着把雞肉去皮，又吩咐印傭阿娜把配料放進湯煲裏。

「嘩！好啊！今晚有椰子煲雞湯！」小妮拍起手來。

「還有蝦、魚和豬排！那麼多餸菜，太好了！今天有人生日嗎？」

「唔。」媽媽繼續忙她的。

「媽媽你的生日在三月，姊姊和我則在年尾，小方生日在九月中，那麼……」小妮道。

「是爸爸生日？」焯心冷着臉問。

「唔，是的。」媽媽臉上仍保持着笑容。

「媽媽，你不要白費心機了。」焯心抿着嘴，向媽媽潑了一盆冷水。

「昨天我問過爸爸，他說今天一下班便會回家。」媽

媽滿懷信心的道。

「你真的相信他的話？」焯心問。

媽媽在水喉下把手洗乾淨，一邊抹手，一邊道：「昨日，爸爸不是一整天也陪伴着我們嗎？下午，我們去公園，不是玩得挺開心嗎？」

「是呀！爸爸昨天還陪我溫習中文默書呢，他更讚我默得不錯！」小妮笑着。

「那是昨天的事！難道你們忘了，他之前做過些什麼？」焯心一臉嚴肅的道。

「昨晚臨睡前，我跟爸爸談過。前幾年，我們都沒有為他慶祝生日，今年不如慶祝一下，一家人圍坐一起吃一頓豐富的晚餐，他說好。於是我今天便請半天假來買菜準備。」媽媽解釋道。

「昨天的他是清醒的，但今天──」焯心欲言又止。

「今天他也會是清醒的！」媽媽堅定的道，「他答應過我，下班後馬上回來。今晚我們如常在七時吃晚飯。好了，不談了！你們快去吃茶點、做功課！」

媽媽在廚房忙了好一會兒，便走出客廳休息。

「盤骨又痛了？」焯心見媽媽咬着牙，癱坐在沙發上。

「有少許痛。」媽媽回答道。

描述自己的病痛時，她總是輕描淡寫。

「你要止痛片嗎？」焯心和小妮異口同聲地問。

「不用了，我還服着醫生開的藥！」媽媽道，「焯心，你可否替我做一件事？」

「什麼事？你儘管説！」

「我想你到樓下餅店替爸爸買一個生日蛋糕。」

「生日蛋糕不是要早一天預訂嗎？現在恐怕來不及了。」

「不要緊，買個漂漂亮亮的，加一個生日牌，要幾枝蠟燭便行了。」媽媽把錢往她手裏一塞，輕推了她一把。「去吧！算是為我做點事。」

為了媽媽，焯心赴湯蹈火也在所不辭，但——為爸爸做事？焯心是十萬個不願意。

不過，她還是聽命買了一個生日蛋糕回來。

＊　　　　＊　　　　＊

七時二十分。

一家人，五缺一。大家圍坐飯桌前，看着滿桌佳餚，卻沒有人敢提起筷子。

「我們哪個時候可以吃飯？」小方天真的問道。

「等爸爸回來便可以了。」小妮爽快的回答了他的問

166

題。

「咦？平日我們不會等爸爸吃飯的，為何今天要呢？」小方奇怪的問。

「今天是爸爸生日，我們要為他慶祝生日。」小妮回答了他的問題。

「是否開生日派對，有生日蛋糕，唱生日歌？」讀幼稚園高班的小方極為雀躍。

「是呀，你喜歡嗎？」媽媽笑問。

「當然喜歡！」他拍手歡呼。

＊　　　　＊　　　　＊

七時五十分。

「也許是塞車了，讓我致電他手機。」 小妮連忙把電話遞給媽媽。

「手機不通。」媽媽失望的放下電話。

「媽媽，我很餓了。」小方道。

「那麼……我們邊吃邊等吧。」媽媽牽強的笑了笑。

＊　　　　＊　　　　＊

晚飯吃畢，小方抹抹嘴，問：「媽媽，可以吃蛋糕了吧？」

「爸爸還未回來呢，多等一會兒吧。」媽媽哄他。

167

「媽媽，我們要進房間溫習了，明天有小測。」焯心和小妮離開飯桌。

「好。一會兒爸爸回來，我叫你倆出來吃蛋糕。」媽媽道。

「媽媽，我猜他已經忘了——」焯心道。

「他答應了我的！」媽媽打斷她的話。

「他答應過我們很多事情，只是，一過了周末，他便……」

「今天不同，今天是他生日！」媽媽堅信他的承諾。

「希望會如你所願。」焯心淡淡的道。

※　　　　　※　　　　　※

接近午夜了。

焯心和小妮正在浴室準備刷牙就寢，忽然傳來一陣急促的門鈴聲。

爸爸回來了！

焯心和小妮打了一個冷顫。兩人對望一眼，旋即放下牙刷牙膏，想立刻跑回睡房。

遲了一步！傭人阿娜已開了大門。

「那麼久才開門，離譜！」

聽見爸爸的咆哮，兩小姊妹渾身僵硬起來，只能立在

地上，不能動彈。

那陣非常熟悉的酒臭味，如熱浪般湧至。

「爸爸今天生日，還不恭賀我？那麼早便想上牀睡覺？」

爸爸巨大的身影就站在眼前，滿臉通紅，眼皮浮腫。他嘴裏吐出的每句話都是罵人的。焯心和小妮咬着唇，卻什麼話也抖不出來。

媽媽趕緊走過來，催促她倆道：「快跟爸爸説生日快樂！」

「生——日——快樂，爸爸！」她倆勉強説了。

「苦口苦面的恭賀我，這算什麼意思呀？不願意恭賀嗎？那不如不要賀了！哼！」爸爸極為不滿，雙眉皺成一線，蹣跚的再趨前幾步。

「快笑？跟爸爸説一次！」媽媽壓低聲量説。

「爸爸，生日——快樂！」她們只好努力擠出一個笑容。

「都不合格！」爸爸怒吼起來，「你倆都不會説恭賀話！」

「焯心今天買了一個生日蛋糕給你，是她精心挑選的！她知道你喜歡栗子——」媽媽馬上給她説些好話。

「蛋糕？哪兒有蛋糕呀？我看不見呢！」爸爸向四周望了一眼，問道。

「在冰箱裏！」媽媽急急回道。

說時遲那時快，阿娜已把蛋糕取出，放在飯桌上。爸爸上前把蛋糕盒打開。

「你現在想吃嗎？」媽媽問。

爸爸抿着嘴凝望着蛋糕，哈哈笑了幾聲，卻驀地收起笑容，問：「小方呢？怎麼不見小方？」

「現在很夜了，他早已上牀，怕已熟睡了。」媽媽解釋道。

「我要小方！我要我仔仔替我唱生日歌！我要他唱，一定要他唱！」爸爸忽然發狂似的嚷着。

「他睡着了！你也知道，他一熟睡便很難叫醒。」媽媽苦笑道。

「你叫不醒他，我親自去叫！」

爸爸推開媽媽的手，衝進睡房，把小方連拖帶扯的抓到客廳裏。小方在睡夢中被粗暴吵醒，嚇得涕淚漣漣，只懂往媽媽的懷裏躲。

「我想返回牀上！」小方哀求道：「我真的很累啊，媽媽！」

「讓他去睡吧！他早上七時半便要起牀準備上學。」
媽媽也替他央求。

「不！我生日一年才一次！年年也沒有慶祝，今年難
得你們提出，就一定要賀一賀！」爸爸堅持道，「來！快
來給爸爸唱首生日歌！」

小方兩臂環抱着媽媽，淚水爬滿一臉，任憑爸爸如何
拉扯，他也一動不動。

眼見爸爸怒火熊熊，快要動手了，焯心鼓盡所有的勇
氣，猛力吐出一句：「你不要再逼他啦！」

一切都暫停下來，焯心的心也幾乎停頓了。各人的目
光都集中在她身上。 她把目光調向媽媽，媽媽一臉惶恐的
看着她，她懷中的小方也止住了哭聲，把臉埋在媽媽臂彎，
不敢面對這一幕。

爸爸放開拉着小方的手，緩緩轉過臉來，以錐子一樣
的目光緊盯着她。

「你説什麼？」他沉着聲問。

「我説不要再逼他！他要睡覺了！」焯心大着膽子再
道。

還是第一次對抗爸爸。焯心的心急速狂跳着，全身的
肌肉繃得緊緊。

「今天是我生日，我説的話，仔女也不聽，我何來顏面呢？」爸爸反問道。

「其實，媽媽早已準備了豐富的晚餐為你慶祝。我們等你等了很久，你也未回來。現在該是我們上牀睡覺的時候了。」

見爸爸還未動手，焯心遂把心一橫，將事實道出。

爸爸點了點頭，嘴裏卻道：「你這是埋怨我遲回家，對嗎？」

「你不是答應了媽媽會早點回家，一起吃晚飯嗎？」

「你媽媽的確想我早點回家，但，我一下班便被朋友拉着去 happy。難道人家請我去，我也拒絕？朋友替我慶祝，不知多開心！那兒人人都認識我，個個叫我強哥強哥強哥，我不知多威風！那兒啊──美女如雲──」

「你不要再説了！」媽媽厲聲制止了他。

「怎麼不讓我説？怎──」爸爸打了一個響嗝，一陣中人欲嘔的酒臭散播整個空間。

「你怎能在孩子面前説那些事？」媽媽再也按捺不住，怒斥他。

「是你們要知道我下班後往哪兒去了，我才告訴你們的。現在我説了，你又不喜歡，你你你啊──真難服侍！」

爸爸搖搖晃晃的走到媽媽面前。「我工作了一整天,跟朋友去玩,可以盡興!回到家裏,對着你們幾個,這又不可,那又不能,多麼掃興啊!」

「是你選擇跟朋友去玩,不理我們的!」焯心趨前道。站在她身後的小妮怯怯的拉着她,一逕搖頭,示意她不要再多言。

「你們有讓我開心過嗎?」爸爸反問,「每次早回家,都聽見你們惱人的聲音!吱吱喳喳,煩得我頭也爆了。我下班後只想輕鬆,不要煩惱!你們卻不能令我輕鬆──」

「噹──噹──噹──」

午夜十二時了。家裏的掛鐘一下一下的敲着。

爸爸指着鐘,臉漲紅得像是充了血。「看呀,十二時了!我的生日已過!生日歌又未唱,蛋糕又未吃,你們還說要替我慶祝?」

他不由分說,使勁拉過小方和小妮,把他們扯到生日蛋糕前。

「唱呀!快給我唱生日歌!」爸爸嚷道。

兩人站着已渾身顫抖,還怎可以唱出愉快的生日歌?

「快唱吧!快!」

爸爸一手「啪」的拍在小方後腦,小方「嘩」的嚎哭

起來。媽媽把他拉到一旁哄他。

「哼！我生日也不肯唱歌！你呢？」爸爸轉而問小妮。

小妮開始震顫着唱起生日歌來。

「祝你生日……快樂，祝你生日快樂……」

小妮勉強唱完了，爸爸掉頭問焯心。

「你呢？你未祝賀我呢！」

焯心咬咬牙，搖頭道：「假若你早回家，跟我們一起吃晚飯，我一定會祝賀你，但你這麼遲才回來……我，我明天有測驗，今晚要早點睡，明天要再和同學一起溫──哎！」

焯心的大腿捱了重重的幾棒。爸爸的忍耐力已耗盡了，他隨手拿起一條膠棒，手起手落的打在焯心的大腿上，痛得她淚水飛濺。

「停手呀！」

媽媽見狀，急忙帶開小方，飛撲過去，以身體阻擋着丈夫對女兒的毒打。

「夠了！你可不能怪責她！她説的是事實啊！」媽媽駁斥他，「你的確是夜歸！」

爸爸怒瞪着她倆，眼內的血絲也暴現出來。

「今天是老子生日，這『衰女』居然開口罵我遲歸，

態度如此囂張，還成體統嗎？我不教訓她，她還會放我在眼內嗎？」

爸爸一輪停不了的怒吼後，整個客廳鴉雀無聲，只有間中傳來一、兩下低沉的喘息聲。

「你們全給我到露台罰站！」

爸爸打開露台的門，往外一指。

「外面下着毛毛雨呀！不要罰他們了！況且，現在已很晚⋯⋯」媽媽不斷苦苦哀求。

爸爸見眾人原地站着，無動於衷，便伸手去拉扯他們。

三姊弟哭着站在露台，淚水混着雨水，汩汩而下。

媽媽要把他們帶回屋裏，卻給爸爸制止，還關上了露台的玻璃門。

媽媽隔着玻璃看着三個寶貝兒女被雨水打得渾身濕透，心如刀割。

「夠了，夠了，夠了！你再不讓他們進來，他們要冷病了！」她只能不斷求情。

「沒有我批准，不能開門！」爸爸頒下命令，然後走進睡房。

雨，越下越大。

焯心閉上眼睛，誠心禱告，希望這場雨快點停歇。

因為她違抗爸爸的關係，爸爸遷怒小妮和小方，逼他倆一同受罰，她是千百個不想。但，她總覺得，不能長此下去，任由爸爸在酗酒後無故責打他們。她不甘心再受欺凌。

身為大家姐，她要令爸爸知道，他們已不能再忍受這種待遇。

然而，反抗越大，責罰越重，連沒有反抗的弟妹也要一併受罰。

她可以怎樣做呢？

雨水滲入她腿上的傷口，刺刺痛痛的。但當小妮抽噎着還不忘慰問她：「家……家姐，你的腿……腿痛嗎？」她只說：「不痛，不痛。」

她咬咬牙，把眼淚往肚裏吞。

＊　　　　　　＊　　　　　　＊

當晚臨睡前，媽媽為她的傷口塗藥油。

「媽媽！」

焯心躺在牀上，累得眼皮也差點睜不開了。「我們……這樣的生活，會長此下去嗎？」

媽媽把藥油瓶蓋一下一下的扭緊。

「當然不會。」她輕聲道。

「那麼，要如何制止？」焯心問。

媽媽把藥油瓶放回紙盒裏，沒有回答。

「其實，」焯心大膽問道：「我們可否……離開？」

媽媽明白她的意思。她輕撫焯心額前的碎髮，道：「媽媽的經濟能力不容許我這樣做呢。對不起。」

「不要緊，我隨口問問罷了。」

「對不起！」媽媽只能道歉，又道歉。

4. 我有一個秘密

翌日，上體育課前……

「李 Sir，對不起，我忘了穿上運動服，今天不能上課。」焯心低着頭跟體育老師李 Sir 道。

「又忘了？上星期兩節體育課你已經忘記了一次，又有一次不舒服，今天又忘記？」李 Sir 很是不滿，「今天是最後一個上課天，你要考體育試呢！」

「可不可以遲點兒才考？」焯心央求。

李 Sir 想了想，道：「不如你往校務處問職員借一套運動服換上吧！今天你一定要考試。」

焯心面有難色的道：「李 Sir，我其實有點……有點不

178

舒服！」

李 Sir 一臉狐疑。「你剛才説忘了換上運動服，現在又說不舒服，你究竟為何不想上體育課？」

「我⋯⋯不是故意不上課⋯⋯對不起！」

「好！你現在就去更衣吧！」

＊　　　　＊　　　　＊

「Miss Tung，請你到校務處一趟。」

在教員室的 Miss Tung 正想翻開作業簿批改，便聽到職員的召喚，立刻趕至校務處。

「剛才李 Sir 帶你班的袁焯心來，要她換一套運動服。李 Sir 一走，她便怎也不肯換。我很忙呢，所以要交回給你處理。」職員向她交代一切。

Miss Tung 把焯心帶至護理室，關上門。

「焯心，你不舒服嗎？」Miss Tung 以手背探一探她的前額，「沒有發燒啊。」

「我沒有不舒服。」焯心自覺不能向 Miss Tung 撒謊。

「你一向循規蹈矩，為何今次會不合作？」Miss Tung 想了想，不禁問道：「昨天跟你傾談時，你提及你爸爸。這事是否與你爸爸有關？」

焯心抬起頭，幽幽的道：「Miss Tung，我有一個秘密，

179

你可否為我保守？」

　　Miss Tung 遲疑了一會，道：「可以。」 焯心伸手把校裙稍稍扯高，大腿上的斑駁傷痕便呈現出來。新傷加上舊痕，遍布在她嫩白的大腿上，活像雪地上一條條蚯蚓的屍體。

　　Miss Tung 掩着嘴，震驚得不能説話。

　　「Miss Tung，這就是我的秘密。」焯心輕輕道。

「這些傷痕……是否……是否你爸爸……」Miss Tung
説不下去了。

焯心默默點了點頭。

Miss Tung 倒抽了一口氣，緩緩蹲了下來。

「你身上還有其他傷痕嗎？」

焯心又點頭。

「臂膀也有。」焯心指指各處的傷口，「若是換上
了運動短褲，大腿的傷痕便清楚可見。我真的不想別人知
道。」

「我明白。」Miss Tung 頓了一頓，又問：「你爸爸為
何要打你？」

「Miss Tung，你是否會守秘密呢？」焯心再問一次。

Miss Tung 點點頭。

焯心長長的吁了口氣。「他每次喝過酒後，一回到家
裏，便會無緣無故責打我們。有時是在我們做功課時，忽
然在後頭敲我們的頭；有時是要我們走出露台拉着耳朵罰
站半個小時、一個小時；有時，他順手拿起些東西就打我
們。我曾問他，為何要責打我們。他只會説：『你回想一
下，自己做過什麼錯事。』我們思前想後，也想不出，結
果還是要給他罰、給他打。」

「你剛才提及爸爸喝酒後才亂性。他是經常去酒吧喝酒的嗎？」Miss Tung 問。

「我曾偷聽爸媽的對話，知道爸爸經常去喝酒的地方，並非酒吧，而是──色情場所。」焯心低下頭，似乎為爸爸的事感到羞恥。

「唔，我知道了。」Miss Tung 坐到焯心身旁，輕搭着她的肩膊。「我可想像，要你講述這些事情，一定很難受。但我還是要多問一句，爸爸打你們的時候，你媽媽會怎樣？」

「她會盡力保護我們，有時會用身體遮擋着。不過，她未必可以同時保護到我們三個。弟妹年紀較小，媽媽會先保護他倆，這點我明白。弟弟是最膽小的，時常在爸爸未罰我們之前已哭成淚人。」

「焯心！」Miss Tung 緊握她雙手，一臉認真的道：「平日，我教你們要尊重父母。但，大人都會有不清醒的時候，有時會做錯事。假若他犯的錯是嚴重的，他必須負上責任。」

「Miss Tung，你這是什麼意思？你想告訴校長，要她告誡爸爸？抑或是報警？」焯心驚慌的道：「Miss Tung，你答應過我要守秘密！」

「焯心，我是你的班主任，有責任保護你免受傷害。假若我知道你受傷了，卻視若無睹，我就是個不負責任的老師。」Miss Tung 解釋道。

焯心想了好一會兒，又道：「我爸爸在周末不喝酒的時候，是不會責打我們的。有時還會帶我們去公園玩，或替我們溫習。」

Miss Tung 聽了，再問：「你媽媽有否跟爸爸談過他酗酒的問題？」

「有。談過無數次了，他就是戒不了。」

「或許他需要專業人士的協助。」Miss Tung 道：「焯心，你也希望這些不愉快的事情不會再發生在你和家人身上吧？」

她點點頭。

「那麼，我們一定要向社工尋求幫助。放心，我會先跟你媽媽談一談，看看她有何意見。」Miss Tung 再輕按着她雙肩，給予支持。

「我明白了。多謝你，Miss Tung！」焯心吐出這句話後，只覺釋然。

有傾訴的對象，有人分憂，心裏的擔子也一下子輕了。

但願夢魘會終結。

5. 問題，終要被解決

這晚吃飯時，媽媽特別沉靜。

小妮和小方談着學校發生的事，媽媽沒有搭腔，只是默默的吃着飯，間中催促他們吃快點兒。

晚飯後，焯心和小妮做功課。平日的晚上，媽媽會陪伴在側，或跟小方説故事、做練習。

這晚，媽媽説要在房間看書。

「準是 Miss Tung 跟媽媽談過我的事，令她思潮起伏。」焯心心裏暗道。

媽媽會否惱我把一切告訴 Miss Tung 呢？

我不想同學知道我的事，媽媽同樣不希望外人知道。

或許，媽媽會不高興。

既然是秘密，根本不應該告訴別人。

焯心很是後悔，一低頭，豆大的眼淚便掉到練習簿上，以墨水筆寫的字旋即化開，一朵朵小花似的在她眼前綻開。她趕忙找塗改液，卻遍尋不獲。

「你找這個嗎？」媽媽把塗改液遞到她面前。「剛才掉到地上去了。」

「啊，是的。」焯心接過塗改液，把朵朵小花塗掉。

「今天剛下班，便接到你老師 Miss Tung 的來電。」

焯心握着塗改液的手抖了一抖。

「對不起。」焯心低聲道。

「傻女！你幹嗎向我道歉？在這件事上，你是受害者，你完全沒有錯！」媽媽憐惜的輕撫她面頰。「媽媽亦有責

任的！我早該找專業人士幫忙，解決問題。只是，我一直
羞於開口。」

焯心捉着媽媽的手，靜靜的看着她。

「Miss Tung 説得對。若長此下去，不去面對，對你們
的成長會有極負面的影響。所以，我已決定跟你們爸爸好
好談一談，看看有沒有可能一起去接受輔導。

「十多年前，我們攜手建立這個家，我希望可以讓
你們在一個溫馨、充滿愛的家裏成長。為了這點，我會努
力！」

媽媽的話，令焯心放下心頭大石。

問題，終要被解決了。

＊　　　　　＊　　　　　＊

十時半，焯心和小妮已做妥功課，獲媽媽批准看電視
半小時。

在大家邊談邊看電視、吃消夜時，門鐘響起來。

才十時五十分，爸爸早歸了。

焯心和小妮立刻警覺的逃回房間，跳上牀裝睡。

奇怪，外面靜悄悄的，沒有爸爸醉後的胡言亂語。

難道他這晚沒有買醉？

雖然外面安靜得出奇，姊妹倆還是繼續裝睡，看看可

否在爸爸上牀熟睡後，再出去跟媽媽聊天、看電視。

　　裝睡了好一會兒，焯心只覺眼皮無法再張開，倒不如索性睡覺算了。外面柔柔的下雨聲，催眠曲似的把她送入夢鄉。

　　「啪」的一聲，把剛入睡的焯心吵醒了。

　　「你説什麼？簡直荒謬……」

　　那是爸爸的吼聲，也許是和媽媽吵架了。

　　是因為我的事吧？

　　「砰」一聲，接着是打翻東西的聲音。

　　爸爸不會打媽媽吧？

　　又來「砰」的一聲。

　　「呀──」

　　是媽媽的叫聲。她被打嗎？

　　爸爸真可惡！

　　焯心跳下牀，小妮也醒了，趕緊叫着她。

　　「家姐，發生什麼事？」她揉着眼睛問。

　　「我也想知道。」

　　焯心開了門，正要跑過去，阿娜已把她推回睡房。

　　「太太説，你們全部要留在睡房裏。」

　　雨越下越大，焯心的心也越來越亂。

媽媽的叫喊聲間歇地從她的睡房傳出。

小方也被吵醒了，三姊弟相擁着，聽着媽媽的呼叫聲，既無助、又心痛。

「救命呀——救命——」

聽到媽媽叫救命，焯心什麼也顧不了，衝到睡房門前，要去救媽媽，卻被阿娜攔阻。

「太太說過，無論怎樣也不能開門！」

好，不能開門，我就另想辦法過去。

焯心走到露台，戰戰兢兢的爬高，從露台邊探頭過去，可看見爸媽的睡房。

她一看之下，嚇得目瞪口呆。

褐紅的血，從媽媽頭上淌下，染在她雪白的睡袍上。

爸爸呢，則呆站一旁，一臉茫然。

我要救媽媽！我要救媽媽！我要救媽媽！

媽媽不能死啊！萬萬不能！

焯心連跑帶跳的走到樓下的管理處。管理員見她赤着腳，氣喘咻咻的趕至，心知有嚴重事情發生了，便隨她返回單位。

接下來的事，焯心一輩子也會記得，卻又不想去記。

兩位警員到來，向爸媽問了些話，沒多久，救護員也

來了，把媽媽趕送醫院。爸爸呢，稍後也被警員帶走。

還以為，他打傷了媽媽，會被鎖上手銬，但卻沒有。警員是很有禮貌的把他帶走。臨踏出家門時，爸爸還轉頭叮囑她：「你們三姊弟要聽阿娜的話！」

再次上牀，已近凌晨二時。大家都身心疲累，但只有小方可以飛快入睡。

「家姐，媽媽不會有大礙的，對嗎？」小妮問。

「我猜她傷得不太嚴重。剛才她是自行從睡房步出客廳的。」焯心回答道。

沒多久，小妮又問：「爸爸要不要坐牢呢？他令媽媽受傷了。」

「我不知道啊！」焯心坦白的道。

是呢，傷了人，若被定罪，一定要收監的。媽媽會告發爸爸打傷她嗎？

「雖然爸爸常罰我們，不過，我不想他坐牢。」小妮道。

「為什麼不想？」

「唔，總之就是不想。我不想變成單親家庭。我班裏有兩個單親家庭的同學，頑皮絕頂，我不想變成他們。」

「唉——傻妹！不是每個單親小朋友也頑皮的，亦不

見得每個來自雙親家庭的小朋友也是絕頂乖巧呢！」焯心禁不住道。

「你說得對。」小妮道，「好了，不談了，我很累。家姐，晚安！」

又回復寂靜了。焯心閉上眼，彷彿又看見媽媽的血，從頭上流下來。一滴、一滴、一滴，伴着媽媽的淚，緩緩而下⋯⋯

過了不知多少時候，焯心在矇矓中嗅到一陣熟悉的氣味。

是媽媽髮絲的香氣呢。

我是在做夢了。

不。她感受到背部一陣暖意襲來。她轉過頭去，看見媽媽就躺在面前。

「媽媽，你回來了？你覺得怎樣呀？傷口還痛嗎？⋯⋯」焯心一口氣的問。

「傷口已治理好，現在完全不痛了。你不用擔心。」媽媽淡笑着，輕摸她的髮絲。

「媽媽，究竟⋯⋯剛才在房間裏，爸爸⋯⋯」焯心忍不住要把心中的疑問抖出。

「我很疲倦，不想再複述這事了。待你年長一點，才

告訴你吧。總之，你今天向 Miss Tung 道出你心中的秘密，是正確的做法。你的老師非常關心你，她有權知道多點發生在你身上的事。你多一個年長的、信任的人作傾訴對象，也是好的。」

媽媽雙眼半合，説話的聲音輕得很，看得出她有多疲憊，但焯心還是想多問一個問題。

「爸爸呢？爸爸——回來沒有？」

媽媽索性合上眼睛。「他仍在警署，但我相信他明天便會回來。」

「媽媽，你惱恨他嗎？」焯心大着膽子問道。

媽媽道：「你們三姊弟年紀漸長，思想也越來越成熟，對身邊發生的事情會有許多疑問，不會再像以前般逆來順受。給我多一點時間，我會令你爸爸明白這點。」

焯心微笑着點點頭。

「媽媽，晚安！」她在媽媽面頰上親了一親。

媽媽拉着焯心的手。「焯心，晚安！」

焯心在媽媽懷裏，很快便入睡。

作者補誌：

2006 年中，《奮進少年》出版，翌年便獲第四屆書叢榜「最受小學生歡迎十本好書」和閱讀樂滿城——屯門區兒童及青少年好書選舉第一位。我在這兩個選舉中亦成為「最受歡迎作家」。2007 年，《奮進少年 2》也入選香港教育城 2007 年度十本好讀，我亦在這選舉中蟬聯香港教育城「我最喜愛的作家」。

這個系列為我帶來六個獎項，亦為我帶來許多段友誼，因為，系列裏的故事，全都改編自真人真事。

小童群益會舉辦了五屆「兒童奮進獎勵計劃」，每年選出十名奮進兒童。《少女的秘密》中的兩姊妹——袁焯彤和袁小蔚（化名），分別是第一第二屆的得獎者。她們一直被家庭問題困擾，但學業成績都優異，學校老師遂推薦她們參加這獎勵計劃。我在報章讀到得獎者的報道，主動與小童群益會社工聯絡，希望訪問這些奮進兒童，撰寫他們的故事，就這樣，《奮進少年》系列便誕生了。

附錄：君比主要的兒童文學原創作品

出版時間	作品名稱	出版社
1993	覓	獲益出版事業有限公司
1993	反斗紅娘	獲益出版事業有限公司
1994	阿 SIR MISS 趣卜 BOOK	突破出版社
1995	Miss 愛的故事	獲益出版事業有限公司
1996	我的一夜情	臭皮匠出版社
1997	筆友奇緣	臭皮匠出版社
1997	校園是與非	臭皮匠出版社
1997	沒有底線的愛	突破出版社
1997	惶惑	突破出版社
1998	遲來的愛情包裹	臭皮匠出版社
1999	Miss, 別煩我！	山邊出版社有限公司
2000	掉進海裏的星星	螢火蟲出版公司
2001	送你一片秋天的葉子	螢火蟲出版公司
2001	叛逆歲月 1·三個邊緣少年的故事	青桐社文化事業有限公司
2002	他叫 Uncle Joe	山邊出版社有限公司
2002	馬克要飛	螢火蟲出版公司
2003	四個 10A 的少年	山邊出版有限社公司
2003	神秘的羽毛	螢火蟲出版公司

2003	叛逆歲月 2．如果傷痛可以消逝	青桐社文化事業有限公司
2004	當 Miss 愛上阿 Sir	青桐社文化事業有限公司
2004	露台上的初戀情人	青桐社文化事業有限公司
2004	請不要愛我	青桐社文化事業有限公司
2004	嘩嘩嘩校園	青桐社文化事業有限公司
2004	9 個少年的心事	青桐社文化事業有限公司
2004	你也聽見蝴蝶在說話嗎？	螢火蟲出版社
2004	叛逆歲月 3．與你走過的日子	青桐社文化事業有限公司
2004	誰來愛我	山邊出版社有限公司
2005	總有一天我們會飛	青桐社文化事業有限公司
2005	花樣校園	青桐社文化事業有限公司
2005	夢醒之後	山邊出版有限社公司
2005	叛逆歲月 4．愛的承諾	青桐社文化事業有限公司
2005	叛逆歲月 5．黑夜同行	青桐社文化事業有限公司
2006	叛逆歲月 6．永恆的等候	青桐社文化事業有限公司
2006	奮進少年 1．愛共飛翔	青桐社文化事業有限公司
2006	叛逆歲月 7．一刻在天涯	青桐社文化事業有限公司
2006	叛逆歲月 8．擁抱幸福的七彩氣球	青桐社文化事業有限公司
2006	飄落在聖誕夜的心情	青桐社文化事業有限公司

2007	奮進少年 2‧天父，請祢給我一對手	青桐社文化事業有限公司
2007	叛逆青春 1‧失憶少女	青桐社文化事業有限公司
2007	叛逆歲月 9‧把我的愛寄給你	青桐社文化事業有限公司
2007	叛逆歲月 10‧天亮前的最後告別	青桐社文化事業有限公司
2007	放火少年與不愛家的女孩	青桐社文化事業有限公司
2007	叛逆青春 2‧靈夢回歸	青桐社文化事業有限公司
2008	叛逆歲月 11‧追逐幸福的曙光	青桐社文化事業有限公司
2008	頭擰擰 Miss 對戰反斗學生	青桐社文化事業有限公司
2008	叛逆歲月 12‧握在掌心的溫柔	青桐社文化事業有限公司
2008	叛逆青春 3‧拼貼回憶	青桐社文化事業有限公司
2008	叛逆歲月精華版‧熒兒、梅兒篇	青桐社文化事業有限公司
2008	叛逆歲月精華版‧月童、FiFi 篇	青桐社文化事業有限公司
2008	叛逆歲月精華版‧光宗篇	青桐社文化事業有限公司
2008	我和他相約的天空	青桐社文化事業有限公司
2008	叛逆歲月 13‧青綠色的幸福宣言	青桐社文化事業有限公司
2009	叛逆歲月 14‧眼眸裏的希望	青桐社文化事業有限公司

2009	兔媽媽，我很肚餓！	亮光文化有限公司
2009	叛逆青春 4 · 神秘樂章	青桐社文化事業有限公司
2009	叛逆青春 5 · 星之密語	青桐社文化事業有限公司
2009	叛逆歲月 15 · 抓不住的璀璨	青桐社文化事業有限公司
2009	青春的足印	青桐社文化事業有限公司
2009	你也看見月亮上的小狗？	青桐社文化事業有限公司
2009	給你一個幸福的洋娃娃	青桐社文化事業有限公司
2009	會變魔術的媽媽	青桐社文化事業有限公司
2009	掉進海裏的小星星	青桐社文化事業有限公司
2009	叛逆歲月 16 · 懸在夜空的泡泡夢	青桐社文化事業有限公司
2009	夜青 teen 使 1 · 我才不要回家	青桐社文化事業有限公司
2009	叛逆歲月 17 · 一秒鐘的情深告白	青桐社文化事業有限公司
2010	夜青 teen 使 2 · 就當我從未存在	青桐社文化事業有限公司
2010	讀不出的盼望	青桐社文化事業有限公司
2010	叛逆歲月 18 · 愛你的心從沒止息	青桐社文化事業有限公司
2010	叛逆青春（番外篇）· 不滅之靈	青桐社文化事業有限公司
2010	夜青 teen 使 3 · 將我放逐到天際	青桐社文化事業有限公司

2010	叛逆歲月 19．讓流星見證我的約誓	青桐社文化事業有限公司
2010	港孩心語 1．喂呀，你明白我嗎？	青桐社文化事業有限公司
2011	港孩心語 2．爸媽，快來救我！	青桐社文化事業有限公司
2011	夜青 teen 使 4．我不需要被憐愛	青桐社文化事業有限公司
2011	嘩鬼學生反轉校園	青桐社文化事業有限公司
2011	叛逆歲月 20．畫上最寂寞的句號	青桐社文化事業有限公司
2011	心靈成長 1．13 個成長的音符	青桐社文化事業有限公司
2011	三個少年，兩次失戀	青桐社文化事業有限公司
2011	叛逆歲月 21．青春留下的傷痕	青桐社文化事業有限公司
2011	我沒有錯‼	青桐社文化事業有限公司
2011	夜青 teen 使 5．今夜，我想獨自快樂！	青桐社文化事業有限公司
2012	媽媽的男朋友？	青桐社文化事業有限公司
2012	心靈成長 2．黑夜小公主	青桐社文化事業有限公司
2012	穿越時 Home1?．六歲細路是總裁？	青桐社文化事業有限公司
2012	叛逆歲月 22．假如我們永不再見	青桐社文化事業有限公司
2012	心靈成長 3．撼時，我哋撐你！	青桐社文化事業有限公司

2012	夜青 teen 使 6 · 就讓我在心碎前離開	青桐社文化事業有限公司
2013	穿越時 Home2 · 小五生大戰未來刑警	青桐社文化事業有限公司
2013	四個狀元的背後	青桐社文化事業有限公司
2013	叛逆歲月 23 · 溶在蒸餾水裏的思念	青桐社文化事業有限公司
2013	心靈成長 4 · 我勝在沒放棄	青桐社文化事業有限公司

獲獎作品：

- 《阿 SIR/MISS 趣卜 BOOK》：榮獲第六屆「中學生好書龍虎榜」十本好書之一。

- 《覓》(再版書名：《總有一天我們會飛》)：榮獲第七屆「中學生好書龍虎榜」十本好書之一。

- 《Miss 愛的故事》：榮獲第九屆「中學生好書龍虎榜」十本好書之一。

- 《Miss，別煩我》：榮獲第十二屆「中學生好書龍虎榜」十本好書之一。

- 《掉進海裏的星星》：榮獲第六屆香港中文文學雙年獎評審特別推介。

- 《馬克要飛》：榮獲「2003 年度香港書展」名家推介。

- 《叛逆歲月 1 · 三個邊緣少年的故事》獲 2003 年度北區中學校長會推選為北區圖書節「十本中文好書」之一

- 《當 Miss 愛上 Sir》：獲選 2003 年香港教育城「十本好讀」。
- 《叛逆歲月 2・如果傷痛可以消逝》：獲選 2003 年香港教育城「十本好讀」。
- 《你也聽見蝴蝶在説嗎？》：榮獲第八屆香港中文文學雙年獎之推薦獎。
- 《叛逆歲月 1・三個邊緣少年的故事》獲 2004 年度北區中學校長會推選為北區圖書節「十本中文好書」之一。
- 《總有一天我們會飛》：獲選 2005 年新地開心閱讀計劃「我的好書選舉」十本好書之一。
- 《叛逆歲月 4・愛的承諾》：獲選 2006 年香港教育城「十本好讀」。
- 《叛逆歲月 5・黑夜同行》：獲選 2006 年香港教育城「十本好讀」。
- 《四個 10A 的少年》：獲選 2006 年新地開心閱讀計劃「我的好書選舉」十本好書之一。
- 《花樣校園》：榮獲第六屆「中學生好書龍虎榜」十本好書之一。
- 《叛逆歲月 6・永恆的等候》：獲選 2007 年香港教育城「十本好讀」。
- 《叛逆歲月 7・一刻在天涯》：獲選 2007 年香港教育城「十本好讀」。

- 《奮進少年 1 · 愛裏共飛翔 》：榮獲 2007 年「閱讀樂滿城——屯門區兒童及青少年好書選舉」獎、第四屆「書叢榜」十本好書之一。
- 《奮進少年 2 · 天父，請祢給我一對手 》：獲選 2008 年香港教育城「十本好讀」。
- 《叛逆青春 1 · 失憶少女 》：獲選 2008 年香港教育城「十本好讀」。
- 《叛逆青春 3 · 拼貼回憶 》：獲選 2009 年香港教育城「十本好讀」。
- 《叛逆歲月 12 · 握在掌心的溫柔》：獲選 2009 年香港教育城「十本好讀」。
- 《叛逆歲月 14 · 眼眸裏的希望》：獲選 2010 年香港教育城「十本好讀」。
- 《青春的足印》：榮獲第二十一屆「中學生好書龍虎榜」十本好書之一。
- 《叛逆歲月 17 · 一秒鐘的情深告白》：獲選 2011 年香港教育城「十本好讀」。
- 《夜青 teen 使 1 · 我才不要回家 》：榮獲第二十二屆「中學生好書龍虎榜」十本好書之一。
- 《港孩心語 1 · 喂呀，你明白我嗎？ 》：獲選 2012 年香港教育城「十本好讀」。
- 《叛逆歲月 22 · 假如我們永不再見》：獲選 2013 年香港教育城「十本好讀」。